KB143489

물음

손귀례 수필집

초판 발행 2017년 9월 10일
지은이 손귀례
펴낸이 안창현 **펴낸곳** 코드미디어
북 디자인 Micky Ahn **교정 교열** 백이랑

등록 2001년 3월 7일
등록번호 제 25100-2001-5호
주소 서울시 은평구 갈현로 318-1 1층
전화 02-6326-1402 **팩스** 02-388-1302
전자우편 codmedia@codmedia.com

ISBN 979-11-86104-61-3 03810

정가 12,000원

이 책의 판권은 지은이와 코드미디어에 있습니다.
잘못 만들어진 책은 교환해드립니다.

물음

손귀례 수필집

SON GWIRYE

초상화 | 송윤정

첫 시집 「뚜껑」을 낸 후 5년 만에 첫 수필집 「물음」을
냅니다. 남매는 춘산한 느낌입니다.
학원에서 논술 지도를 하다 보니 인권고전을 자주 접합니다.

그래서 '인권수필'을 시도해 보았습니다.
그리고 제자들에게 시험의 나래를 달아 주고 싶어
우리 아이들의 산 시도 실었습니다.

엽신양면으로만 치닫는 저로 사회 에서 영화 「죽은 시인의 사회」가
말하듯이 시가 흐르는 사회가 되는데 조금이라도
보탬이 되기를 소망합니다.

2017. 9. 10. 순리고개 드림

Contents

열며 _05   닫으며 _186

1

감성을 선물하다

12   감꽃

16   그럼에도 불구하고

20   다듬이 소리

24   벚꽃 엔딩

30   생일 선물

34   성적표

38   수의와 숙제

42   신비한 항아리

46   울음터

50   어머니의 발

54   웃음

58   큰 꿈

2

문화로 날다

8호 방　　64

괴불노리개　　68

궁지와 긍지　　72

루비콘강　　78

미국제비꽃　　84

소의 눈물　　88

수레바퀴 아래서　　92

징검돌　　98

혼불　　102

母국어　　110

황금 날개　　116

Contents

3

이름을 기억하다

122 　물음 놀이

126 　'수포자'가 바라본 발칙한 세상

130 　같은 이름

134 　장롱과 이별하기

138 　단골 걸인

142 　마중꽃

146 　냉잇국

150 　친정 엄마

156 　망고의 추억

162 　너는 늘, 나의 귀여운 아기

166 　셋째 딸

170 　지성이

174 　이쁘多

178 　흙토리

182 　어쩌다 수필가

＊

동심의 공간

구름의 비밀	15	김향하(서울 신현초 4)
우리 가족	19	이기현(서울 신내초 5)
봉화산 미용실	23	이채은(서울 원묵초 3)
무당벌레	29	김효준(서울 금성초 4)
낡은 자전거	33	김정하(서울 원묵중 2)
냉정한 시간	37	정선아(서울 원묵중 2)
부처	41	최서현(서울 동원중 1)
노인과 고목	45	김진우(서울 은석초 5)
잭슨 폴록의 「추상」을 보고	49	이기준(서울 은석초 4)
끈	53	최연우(서울 은석초 4)
초록 비	57	송민준(서울 중화초 3)
한강	61	김우진(서울 신현초 6)
아빠	67	이정현(서울 신내초 3)
가족	71	김태훈(서울 중화초 3)
나르샤	77	이연재(서울 경희여중 1)
나비	83	강다연(서울 용마중 1)
세상과 아이	87	김태은(서울 한천중 1)
일요일	91	석진유(서울 봉화초 3)
손	97	김예찬(서울 중화초 5)

동심의 공간

직지심체요절　101　최종민(서울 신내초 5)

옹기 가마터에서　109　진시후(서울 동원중 1)

바다　115　이건후(서울 신내초 4)

나비　119　육예림(서울 동원중 1)

두려움　125　황수현(서울 중랑초 3)

손　129　최서윤(서울 중랑초 3)

돈　133　권서연(서울 상봉중 1)

시간의 꽃　137　최윤지(서울 원묵중 2)

어느 대장장이의 일기　141　김세찬(서울 공릉중 1)

하얀 마음　145　이석원 (서울 은석초 5)

언니의 눈　149　안윤이(서울 송곡여중 1)

엄마의 향기　155　김민채(서울 중화초 3)

희망　161　구하은(서울 용마중 3)

아Q　165　신진아(서울 상봉중 3)

바람　169　김수빈(서울 화랑초 4)

01

감성을 선물하다

감꽃

트리나 포올러스의 『꽃들에게 희망을』

　　초록 코사지 같은 감꼭지가 수를 놓은 것처럼 화단 주변
에 떨어져 있었다. 오월, 온통 장미축제에 취해 보내다 유월 초입 문득
감나무를 만났다. 감나무는 주차된 차 지붕 위에까지 초록 발자국을 남
겨 자신을 알렸다. 몇 개를 주워서 손바닥에 올려놓았다.

　추억의 밑바닥이 잠시 술렁이더니 단발머리 소녀가 흙먼지를 날리
며 저만치서 뛰어왔다. 감나무 아래서 방금 떨어진 하얀 감꽃을 탱글탱
글한 것만 골라 치마에 담아와 마루에 쏟아놓았다. 감꽃은 가운데에 구
멍이 뚫려있다. 친구들과 둘러 앉아 이불 꿰매는 바늘과 실로 감꽃을
실에 뀄다. 꽃 가운데 감나무 잎을 한 장 끼우는 센스쟁이도 있었다. 우
리들은 알싸한 감꽃 향기를 목에 걸고 뒷산으로 우르르 몰려가곤 했다.
그때는 감꼭지를 '감똥'이라고 했다. 감똥을 콩콩 찧어 반찬도 만들며

까끔살이*도 했다. 지금쯤 그 소녀들은 유월의 뒤꿈치에 핀 장미처럼 시들할 것이다.

꼭지 없이 떨어진 꽃은 암꽃인데 소녀들의 손에서 예쁜 목걸이로 다시 태어났다. 그러나 꼭지에 마른 탯줄 같은 하얀 꽃을 달고 떨어진 감똥은 대개가 수꽃이다. 떨어진 감똥들 때문에 탐스러운 감이 열리는 것이다. 만약에 나무가 주먹만한 감을 주렁주렁 달고 있다가는 간신히 여름을 넘겼다고 해도 탱자만 한 감이 될 수도 있다.

풀 한 포기 꽃 한 송이도 자연에 순응했기에 살아남은 것이다. 감꽃이 탐스러운 열매를 맺기 위해 조용히 가지 끝에서 있는 듯 없는 듯 수행을 할 때, 장미는 독보적 미모로 모든 이의 찬사와 사랑을 독차지한다. 그러나 꽃을 피우는 데 기를 다했는지 장미는 열매를 맺지 못한다. 그렇지만 장미꽃도 할 말이 있을 것 같다. '저도 여러분에게 행복과 기쁨을 주잖아요. 사람이 어떻게 먹고만 사나요.'라고. 그뿐 아니라 장미는 향기로운 향수도 되어준다. 세상에 존재하는 모든 생물은 모름지기 무엇에게 희망이다.

나비는 꽃들에게 희망이 되어준다. 그러나 1mm의 애벌레를 나비로 키워주는 것은 잎사귀다. 식물은 자신의 잎사귀를 기꺼이 내어주고 종내는 나비에 의해 다시 수정과 번식을 하는 것이다.

심지어는 닭도 소도 돼지도 결국은 사람들의 식탁에 오르지만 그것

---

* 까끔살이: 소꿉놀이의 전라도 사투리

을 먹고 그 사람이 누군가에게 희망이 되어주는 일을 하며 살아간다면 가축들의 희망이 실현된 것이다.

떨어진 감꼭지는 매달려 있는 감의 희망을 이루어주고 궁극적으로는 우리네 제사상에까지 올라가니 우리의 희망도 실현해주는 것이다.

감꽃이 내 자신을 그윽하게 되돌아보게 하는 아침이다. 오늘은 마침 중학교 1학년 학생들이 『꽃들에게 희망을』을 읽고 토론하는 시간이다. 주워 온 감꼭지를 책상에 놓고 물어보았다.

이리 보고 저리 보더니,

"생 도토리예요." "감 애기예요." "호박 애기예요." "네 잎 클로버 돌연 변이예요." "감꽃이에요." 라고 제각각 한마디씩 했다.

"애들아 이건 '감똥'이야." 라고 했더니

"우앙우앙." "히잉히잉."

아이들의 표현이 귀엽다.

나는 이제 막 피어나려는 봉올봉올 꽃봉오리들에게 그린나래*를 달아줄 것이다. 요즘 아이들은 학업에 쫓겨 자연과 마음을 섞을 시간이 부족하다. 독서는 앉아서 하는 여행이다.

「감꽃」이란 시를 백묵으로 칠판에 반듯반듯 써놓고 같이 감상하자던 교수님의 안부가 감꽃 향기처럼 아릿하다.

---

* 그린나래: 그린 듯이 아름다운 날개 (우리말 합성어)

동심의 공간

김향하 | 서울 신현초 4 | 2017년 용산 창작 시 최우수상 수상 작품

구름의 비밀

김향하(서울 신현초4)

나는 지금 연필로 글을 쓰고 있습니다.
그런데 여러분은 연필이 구름이라는 걸 아세요?
연필은 나무로 되어 있고 나무는 물을 먹고 자랐고
물은 구름이 변했기 때문입니다.
내 몸도 구름입니다. 내가 먹는 밥도 반찬도 구름이
변한 물이 들어가 있기 때문입니다.
그래서 그래서
지구와 우리는 구름의 집입니다.
우리 가족도 다 구름입니다.
엄마 구름, 아빠 구름, 오빠 구름
향하 구름이
종이 구름에 동시를 쓰고 있습니다.

그림에도 불구하고

사무엘 베케트의 『고도를 기다리며』

　　건강검진을 했는데 몇 가지 재검사를 해야 한다는 안내 고지가 왔다. 어느새 내 몸을 반세기 넘게 부렸다. 병원 대기실에서 검사 결과를 초조하게 기다리다 벽시계를 보니 오 분 정도 느리게 가고 있었다.

　　엊그제 우리 집 벽시계도 조금씩 느려져서 건전지를 갈았다. 그러나 다음 날 또 멈췄다. 방전된 건전지였나 싶어 다른 걸로 갈았으나 여전히 시간이 맞지 않았다. 건전지 문제가 아니고 시계가 수명이 다 된 것 같아 떼어냈다. 내친김에 명화가 그려진 시계를 사다 그 자리에 걸었다.

그런데 며칠 후 남편이 고장 난 시계를 뜯더니 먼지를 닦고 오일을 쳐서 다시 조립했다. 그 후 고장 났던 시계는 째깍째깍 잘 가고 있다. 남편이 헛일삼아 한 일이 시계 분해 소지였던 것이다. 삼십여 년 전에는 시계가 멈추면 시계포에 가져갔었다. 시계방 아저씨는 조그만 망원렌즈를 눈에 끼우고 손톱만 한 톱니바퀴를 풀어서 소지를 하고 다시 조립해 주었다. 요즈음엔 시계를 수리해서 쓰는 경우는 드물지만 의학의 발달로 우리 몸은 고치고 고쳐서 백 세 인생을 준비하고 있다.

이런 시대를 대변하듯 대형 병원은 각 과 대기실마다 발 디딜 틈이 없다. 휠체어에 앉은 환자들이 벽화가 그려진 한적한 곳에서 오가는 사람을 맥없이 쳐다보고 있다. 그들의 권태로운 몸짓이 『고도를 기다리며』의 주인공 블라드미르와 에스트라공이 앙상한 나무 아래서 고도를 기다리는 몸짓 같다. 저들이 기다리는 고도는 무엇일까. 가족이겠지. 건강이겠지. 메시아일 수도….

그들의 시선이 부담스러워 눈길을 돌렸다. 꼬질꼬질한 내 운동화가 낯설었다. 신발을 내려다 볼 시간도 없었던가. 터덕터덕, 또각또각 운동화와 구두 슬리퍼 신발들만 보였다. 신발을 신는다는 것은 자력으로 뭔가를 할 수 있다는 것이다. 고고와 미미가 신발을 벗었다 신었다, 모자를 벗었다 썼다를 지루하게 반복하듯이 나는 언제부터인가 정기적으로 병원을 오가고, 매일 비슷한 시간에 출퇴근을 한다. 어제도 갔고 오늘도 왔고 내일도 가고 올 그 길, 어제도 했고 오늘도 하고 내일도 할

비슷한 일, 갑자기 이런 나날살이가 이상의 『권태』처럼 따분하게 느껴졌다.

그러나 세상에 태어나 인생이란 무대에서 서게 된 이상 우리는 무엇인가를 해야 한다. 대본도 없다. 막연하게나마 오늘은 내일보다 나은 삶을 기다린다. 목표가 없는 삶은 식은 재처럼 삭막할 것이다. 그러나 그 기다림에 내가 묶여있는 것은 아닌지. 시간은 금이라며 초침처럼 살아온 내가 어리석은 것은 아닌지. 물음표와 느낌표 사이에서 턱을 괸다.

그러나 아무것도 배우지 않고, 아무것도 발견하지 않고, 고스란히 고도만을 기다리며 살 수는 없다. 이제는 배터리가 다된 시계처럼 조금은 느슨하게 살아야겠다. 고도는 기다림 그 자체다. 그런데 고도가 죽음이라면…. 이 글을 퇴고하는 순간 부고 한 장을 받았다. 죽음 또한 자연의 결이다. 자연의 결을 거스르지 않기 위해 가끔은 바람 부는 쪽으로 귀를 기울인다.

동심의 공간

이기현 | 서울 신내초 5 | 2016년 SBS 영재 발굴단 문학상 우수상 수상 작품

우 리   가 족

이 기 현 (서울신내초5)

콘크리트처럼 딱딱한 우리 아빠 치타를 닮았어요.
우리아빠 마음 속 색깔은 주황색일거예요.
항상, 회사일 때문에 스트레스를 받기 때문이지요.

베개처럼 푹신푹신한 우리엄마 캥거루를 닮았어요.
우리를 잘 안아주기 때문이지요.
우리엄마 마음 속 색깔은 분홍색일거예요.
항상, 우리 가족을 사랑해 주시기 때문이지요.

젤리처럼 말랑말랑한 나 코알라를 닮았어요.
왜냐하면 눈이 땡글 하기 때문이에요.
내 마음 속 색깔은 노란색이에요.
항상, 웃고 있기 때문이지요.

깃털처럼 부드러운 내 동생 여우를 닮았어요.
동생 마음 속 색깔은 파란색이에요.
항상, 자유롭게 놀기 때문이지요.

다듬이 소리

한국의 소리

●

    이불 빨래를 하는데 세탁기 돌아가는 소리가 요란하다. 생각해 보니 산 지 십 년이 넘었다. 버려야 하나 고쳐 써야 하나 고민스럽다. 그런데 소달구지가 덜컹거리는 소리 같아서 차라리 정겹다.

    베란다에서 하늘을 본다. 파아란 하늘 속으로 풍덩 빠질 것 같다. 전주 한옥마을 옆 푸른 시냇가에서 단발머리 소녀가 다슬기를 잡고 있다.

    엄마는 커다란 대야에 이불 빨랫감을 담아 머리에 이고, 늦은 봄 시냇가를 찾으셨다. 편편한 돌을 골라 자리를 잡고 털털한 자세로 앉아, 거품도 잘 나지 않는 빨랫비누로 낙서를 지우듯이 홑청에 골고루 문질렀다. 그리고 어깨에 힘을 모아 꽉꽉 비벼 빤 다음, 냇물에 헹구었다. 하얀 광목천이 물속에서 너울너울 춤을 추는 것 같아 신기하다.

    냇물 속에서 돌을 들추어 가며 다슬기를 줍다가 동생들을 보면, 검정

고무신으로 송사리를 잡느라 첨벙거리는 모습이 아슬아슬 하기만 했다. 엄마는 그 사이에 거무튀튀한 비누 한 덩이를 가지고 거무튀튀했던 이불 홑청을 순백색으로 바꾸어 놓았다.

엄마는 때가 빠진 빨래를 냇가에 걸어 놓은 큰 솥에 넣고 삶았다. 엄마는 빨래가 삶아지는 동안 간식거리를 풀어놓았다. 쑥을 삶아 쌀가루와 섞어 시루에다 찐 쑥 버무리와 묵은 김치, 사이다는 그때 우리에겐 최고의 간식거리었다. 배를 잔뜩 채운 우리들은 살구만 한 조약돌을 주워서 다리 밑에서 공기놀이를 했다.

엄마는 푹푹 삶은 빨래를 맑은 물이 나올 때까지 빨래 방망이로 두들겼다. 그 소리는 맑고 투명하게 온 하늘로 퍼져 나갔다. 그런 다음 나와 같이 양끝에서 엿가락처럼 돌려 물기를 꼭꼭 짰다. 그리고 대야에 담아 머리에 이고 집을 향해 잰걸음을 옮겼다. 우리는 다슬기와 송사리를 사이다 병에 담아 엄마 뒤를 오리새끼처럼 올망졸망 따라갔다.

집에 도착하면 따가운 햇살이 정겨운 마당에, 키다리 바지랑대 두어 개를 빨랫줄에 팽팽하게 괜 다음 이불 홑청을 널어놓고, 엄마는 밀가루 풀을 쑤어 고운 체에 걸렀다. 어느 정도 빨래가 마르면 주물럭주물럭 풀을 먹인 다음 다시 빨랫줄에 반듯하게 널어놓았다. 뒷간 근처에서 졸고 있던 파리 떼들이 잔칫상이나 만난 듯 분주하게 윙윙거렸다.

해그림자가 담장을 넘어설 때쯤 꾸덕꾸덕 마른 홑청을 걷어다가 툇마루에 앉아 장방형 다듬잇돌에 맞게 손질을 한 후 자세를 곧추세우고

21

날씬한 홍두깨 두 개를 양손에 들었다. 토드락토드락 콩닥콩닥 리듬에 맞춰 엄마는 방망이 춤을 췄다. 나는 그 옆에 쪼그리고 앉아 방망이를 달라고 졸랐다. 거칠거칠했던 천이 올올이 퍼져 하얀 미농지처럼 부드럽고 갓난아기의 속살같이 매끄러워 자꾸만 만져보았다.

다음 날 다시 바짝 말려서 골무를 끼고, 한 땀 한 땀 간격을 맞추어 바느질을 했다. 엄마가 연례행사처럼 했던 초봄과 겨울의 이불빨래 풍경이 내 기억의 곳간에서 비누거품처럼 뽀글거린다.

어머니가 정갈하게 앉아 다듬잇돌 두드리는 모습과 그 소리가 갑자기 그리워진다. 그 다듬잇돌과 방망이는 어디로 갔을까.

옛날 어른들은 다듬이 소리만 듣고도 천의 종류를 알 수가 있고, 어느 집에서 혼사가 있는 가를 알았다고 한다. 그러고보니 서울 올림픽 개막식 배경 음악에도 다듬이 소리가 들어 있었다. 세계에서 다듬이질을 하는 민족은 우리 민족밖에 없다고 한다. 그러나 지금은 그런 수고로움을 신소재의 천과 세탁기가 다 해결해주고 있으니. 적막과 적막 사이에 삭막만 고인다.

동심의 공간

이채은 | 서울 원묵초 3 | 2017년 중랑 사이버 신춘문예 장려상 수상 작품

봉화산 미용실

이채은 (서울 원묵 초 3)

봉화산 기슭은 아까시꽃 천지
하얀 아까시꽃은 미용사 언니들

아까시 나무 이파리 주르륵 따낸 뒤
언니와 나는 머리카락을 돌돌돌 말아주었다.
꼬불꼬불 예쁜 파마머리.

언제나 손님 맞을 준비 하고 있는
친절한 '봉화산 미용실'
산책도 할 수 있는 미용실
여름이면 문을 닫는대요.

"여러분 빨리빨리 놀러오세요.~"

벚꽃 엔딩

헤밍웨이의 『노인과 바다』

흐벅진 봄날, 벚꽃 축제를 보러 과천 서울대공원에 갔다. 인파가 꽃처럼 많았다. 전철을 타고 간 우리는 도착했는데, 아들네는 차가 막혀 두어 정거장 전에 승용차를 주차하고 전철을 탔다고 했다. 바람이 실어오는 꽃향기 속에 구수한 번데기 냄새도 싫지 않다. 청명한 하늘만큼이나 마음자락도 여유로웠다. 색소폰 연주의 〈봄날은 간다〉가 연분홍 치맛자락처럼 광장에 흩어졌다. 시각이나 후각보다 더 강렬한 것은 청각이었다. 야외무대 앞에 멈춰 섰다. 해사하게 웃고 있는 남편의 이마에 내린 햇살이 부드러웠다.

그때 손기척이 있어 내려다보니 손자 녀석이었다. 깜짝 반가워 "아이쿠 내 강아지 왔쩌." 하며 번쩍 안았다. 그런데 볼에 조그만 패치가 붙어 있었다. 어쩌다 우리 왕자님 얼굴이 이렇게 되었느냐고 물으니까 어린이집에서 친구가 그랬다고 했다. 위로해 준답시고

"아이쿠~ 많이 아팠겠네. 할머니가 가서 야단쳐줄까." 했더니

"안돼요. 그러면 친구가 울어요." 한다.

"아 그렇겠구나. 그럼 다음부터 그러지 말라고 할까." 했더니

"응~"하면서 그때서야 고개를 끄덕였다.

세상에 온 지 4년밖에 안 된 어린 것의 사려 깊음에 흐뭇해진 할아버지 할머니는 손자를 둥개둥개 번갈아 안고 걸었다. 벚꽃은 군데군데 뭉

게구름처럼 떠있고, 잘 가꾸어진 화단엔 노랑빨강 튤립과 아기자기한 팬지꽃이 눈길 닿는 곳마다 그림엽서였다. 안데르센 동화나라 속에 들어온 것 같았다.

손자가 솜사탕을 입에 물고 가리키는 놀이기구 앞에 가보니, 키가 120cm 이상이어야 탈 수 있었다. 키를 재는 막대자 앞에 세워보니 102cm였다. 그런데 괄호 안에 '100cm 이상은 보호자와 가능'이라고 쓰여 있었다. 우리는 당첨이라도 된 듯 크게 웃었다. 놀이기구가 서서히 속도가 붙고 하늘 높이 빙글빙글 도는 순간 흩어지는 벚꽃 위로 마음도 날아올랐다. 3분의 스릴을 느끼기 위해 100분을 기다렸지만 모든 게 너그러웠다.

그런데 자리를 옮겨 간식을 먹고 분리수거 통에서 서늘한 그림자를 보고 말았다. '국정 농단. 박 전 대통령 구속 수감, 수인 번호 503호' 찢겨진 신문 조각에 뚜벅뚜벅 찍힌 검은 활자 사이로, 그날 새벽 구치소로 향하던 승용차 속에 밀랍인형 같은 그녀의 얼굴이 얼핏설핏거렸다.

즐겁게 오로라를 쫓다가 나 혼자 블랙홀에 빠진 느낌이었다. 그러고 보니 의왕시에 있는 서울 구치소는 이곳 과천과 인접한 곳에 있었다. 어쩌다 성골이 된 게 비운이었을까. 우아한 외모에 자분자분 진중한 그녀가 평범한 여인네로 살았더라면….

이렇게 눈부신 봄날, 그녀는 서너 평 감옥 속에서 무슨 생각을 하고 있을까. 비참한 심정을 억누르며 비장한 각오로 명예 회복을 궁리하고 있을지도 모르는 그녀의 모습에서 시지포스를 본다. 신의 노여움을 받은 시지포스는 커다란 바위를 정상으로 올려놓지만 신이 다시 밀어버린다. 그러면 또다시 밀어 올리고 또 신은 밀어버리고, 또 밀어 올리면 신은 또다시 밀어버리는.

삶에 대한 애착에는 어떤 비참함도 견뎌내야 하는 무언가가 있는 것 같다. 개똥밭에 굴러도 이승이 좋다는 어른들 말씀이 생각났다.

벚꽃이 눈꽃처럼 날리는 것을 보니 바람이 이나 보다. 화사하게 화들짝 피었다가 실바람에 지고 마는 벚꽃이 권력을 닮았다. 대한민국 대통령들의 말미가 불명예스러운 게 안타깝다. 창업보다 수성이 더 어려운 게 분명하다.

산티아고의 늙은 어부의 여정이 떠오른다. 어니스트 헤밍웨이의 노벨문학상 수상 작품 『노인과 바다』에서 노인은 85일 만에 그의 목표인 대어를 낚았다. 그러나 피 냄새를 맡고 달려드는 상어 떼와 맞서느라 망망대해, 자연의 원형 앞에서 피가 흐르는 손바닥을 감고 사투를 벌인다. 결국 다 뜯어 먹히고 앙상한 가시와 대가리만 항구로 끌고 온 노인은 깊은 잠에 빠진다.

결과보다 과정이 중요하다. 또한 목표를 달성 하는 것보다 지키는 일이 더 어렵다. 돈 냄새를 맡고 달려들어 위대한 명분을 내세우는 감언이설에 걸려들면 '명예'가 '멍에'가 되기 십상이다. 사람은 뒤로 숨고 돈이 나서서 사람을 해치는 세상, 문득 등이 시리다.

다행인지 불행인지 나는 지켜야 할 재산도 명예도 없어 홀가분하다. 오로지 지키고 싶은 것은 가족의 건강과 웃음뿐이다.

헤어지려고 하는데 손자 녀석이 "싫어싫어 나 할아버지 집에 갈거야." 떼를 썼다. 달래고 달랬더니 한마디 한마디 꾹꾹 눌러 "할아버지 할머니 보고 싶어도 꾸욱 참을게요." 하며 아빠 품에 안겨 고사리 손을 흔들었다. 예쁜 손자와 나중을 기약하고 돌아섰다.

어스름이 내리고 벚꽃이 눈처럼 날린다. 남편의 손이 따뜻하다.

동심의 공간

김효준 | 서울 금성초 4 | 2016년 용산 창작시 우수상 수상 작품

무당벌레

김효준 (서울 금성초 4)

꿀이 노란색이라
벌이 노란색일까?

똥이 검정색이라
파리도 검정색일까?

무당벌레는
꿀과 먹나보다.

그런데 사람은
왜 살 색일까?

휴~ 다행이다.

만약 무당벌레처럼
여러 가지 색깔이라면…

생일 선물

레오 톨스토이의 『세 가지 질문』

내 인생에서 가장 인상 깊은 생일날. 그날을 잊을 수가 없다. 나는 생일 같은 것을 별로 챙기는 성격이 아니다. 그날도 남편은 새벽에 출근하고 나는 평소처럼 아침을 간단히 먹고 출근을 했다. 퇴근 후 파마를 하려고 미장원으로 갔을 때 아들에게서 전화가 왔다.

"엄마 어디 계세요?"

"응 미장원."

아들아이는 미장원 위치를 물었다. 근데 이게 웬일인가 잠시 후 아들이 꽃다발을 들고 미장원으로 들어서는 것이었다. 미용사들과 손님들

시선이 모두 나와 아들한테 쏠렸다. 그런 걸 아랑곳하지 않고 아들은 파마를 하고 앉아 있는 내 품에 꽃다발을 안겨주었다.

"엄마 생신 축하드려요. 친구와 약속을 해서 나가야 되는데 엄마가 오시지 않아 집에서 기다리다 전해주고 가려고 왔어요. 이따 전화할게요. 집에 가 계세요."

생일도 까마득하게 잊고 있었다. 더구나 아들의 돌출 행동이 더욱 신기했다. 주변 사람들이 부럽다고 한마디씩 하다 보니 미장원 손님들이 너도나도 생일 선물 이야기로 화기애애해졌다.

그리고 집으로 갔더니 식탁에 냄비가 있었다. 뚜껑을 열어보니 따뜻한 미역국이 있는 게 아닌가. 한 숟가락 맛을 보았다. 내가 끓인 미역국보다 더 맛있었다. 아주 개운했다. 녀석을 낳고 어머니가 끓여주신 미역국을 먹던 때가 엊그제인데…. 콧등이 시큰해졌다. 아무리 생각해도 신통방통했다. 어떻게 이렇게 미역국을 맛있게 끓였을까. 그런데 나중에 알았지만 아들이 끓인 게 아니라 마트에서 사 온 인스턴트였다. 그런들 어떠랴. 녀석의 재치가 미더웠다. 그때 전화벨이 울렸다.

"엄마 식사하지 말고 ○○레스토랑으로 나오세요."

음식을 주문한 뒤 아들은 의자에서 조그마한 케이크 박스를 들어 테이블에 올려놓았다. 그리고 초에 불을 붙였다. 다른 손님들이 힐끗힐끗 쳐다보았다. 저만치서 종업원들도 바라보고 있었다. 나는 쑥스러워 쥐구멍에라도 들어가고 싶을 지경이었다. 그러나 아들은 그런 건 신경도 쓰지 않고 생일 축가까지 불러주었다.

"엄마 저 혼자지만 열 부럽지 않은 아들이 되어드릴게요."

숫기가 없는 줄 알았더니 어떻게 이리 변죽이 좋아졌는지 믿어지지가 않았다. 우리 세 식구는 가장 중요한 것을 찾아 돌아가면서 잔을 부딪쳤다.

우리에게 가장 중요한 이 순간을 위하여!
우리에게 가장 중요한 가족을 위하여!
언제 어디서나 내 곁에 있는 사람을 위하여!

그렇게 화촉 같은 시간을 보내고 집으로 돌아와 잠이 오지 않아 베란다로 나갔다. 오랜만에 하늘을 봤다. 행복이 은은하게 반짝이고 있었다.

동심의 공간

김정하 | 서울 원목중 2 | 2017년 33회 용산 창작시 장려상 수상 작품

낡은 자전거

김정하 (서울 원목중2)

낡은 자전거 한 대, 낡은 담벼락에 기대어
밤하늘을 올려다보고 있다.

그리움은 낡은 기억을 추억으로 만든다
바쁜 생활에 지쳐 꺼내들지 않아
먼지가 쌓이고 낡은 것뿐이지
닳은 곳은 없다.

조심스럽게 닦아내자 우리의
추억은 그대로 반짝였다.

함께 그렸던 미래를 다시 약속 받을 때
하나 된 추억에 함께 웃을 수 있을 때
다정하게 내 이름을 불러줄 때.

추억은 시간을 담는다.
낡은 자전거는 낡은 시간을 담는다.

성적표

권정생의 『몽실 언니』

나이 쉰 넘으면 중늙은이라 했던가. 내가 청년 때는 쉰 살 이후의 삶은 잡지의 부록쯤으로 치부해버렸다. 그런데 어느새 내 나이가 부록 신세가 되었다. 그러나 부록 같은 인생도 살만하다. 종종걸음으로 내달리던 세월, 다시 돌아가고 싶지 않다.

아들은 장성해서 제 밥벌이를 하고 우리는 홀가분하게 여가 생활도 할 수 있어서 좋다. 요즈음은 남편과 새벽 산책으로 싱그럽게 하루를 시작한다. 유월이다. 태양은 갈수록 일찍 일어나 내달리고 더 오래 지구에 머문다. 이맘때면 나무가 초록 그늘을 마련해준다. 초록 사이로 잘게 부서져 내리는 아침 햇살 사이로 빨간 산딸기는 풀섶에서 몰래 익어가고 산비둘기 산까치 딱따구리의 지저귐이 드뷔시의 선율보다 아름답다. 우리가 날마다 잠시 쉬어가는 곳이 있다. 그런데 어젯밤 비님이 다녀가셨는지 벤치가 젖어있었다. 남편이 배낭에서 신문지를 꺼내 깔아주었다. 앉으려다 보니 표제 기사가 눈에 뜨였다.

"서울대 졸업 126명 기성회비 반환 청구 승소"

기성회비? 문득 꼬들꼬들한 기억 하나가 고스란히 떠올랐다. 중학교 때였다. 기성회비 안 준다고 떼를 쓰고 학교에 가지 않고 버텼다. 내일 융통해서 줄 테니 가라고 달래는 엄마에게 말대꾸를 했다. 칠판에 내 이름이 쓰여 있는 게 창피하다고.

엄마가 얼마나 마음이 아팠을까. 그런데 마침 결석한 그날 집배원이 우편물을 던져주고 갔다. 내 성적표였다. 그때는 성적표가 우편으로 배달되었다. 엄마가 뜯어보셨다. 엄마의 표정이 묘했다. 성적이 엉망인가 보구나. 결석한 걸 후회했다. 잠시 후 엄마는 성적표와 함께 한숨을 마루에 부려놓고 나가셨다.

다가가 성적표를 보니 전체 석차 300여 명 중 7등이었다. 그날 이후 엄마는 조랑조랑 사 남매를 키우며 전매청으로 출근을 하셨다. 그리고 맏딸인 나는 하교하기 무섭게 교복을 벗고 부엌으로 들어갔다. 먼저 연탄구멍을 열어놓고 삶아 놓은 보리에 씻은 쌀을 섞어 양은솥을 연탄불

위에 올려놓았다.

책가방과 신발주머니 한 무더기가 마루에 제 멋대로 몸을 맞대고 있었다. 동생들은 고샅에서 노느라고 정신이 없었다. 가방을 치워놓고 설거지를 하다보면 밥솥에서 밥이 끓어 넘치면서 구수한 밥 냄새가 났다. 그러면 얼른 밥솥을 들어 연탄 위에 쇠뚜껑을 덮어놓고 뜸을 들였다. 수돗가에서 동생들 양말을 빨며 찬거리 사가지고 들어오실 엄마의 발자국 소리를 기다렸다.

엄마는 몽실 언니처럼 우리를 키워주셨고 나는 몽실 언니처럼 동생들을 보살폈다.

지난한 세월이 땡볕 아래 들판처럼 아득하다. 돌이켜 보면 참으로 고단하고 험난했다. 그러나 그런 시련의 봉우리들은 가지가지 꽃봉오리로 열렸다. 그런 내 자신에게 후한 점수를 주고 싶다. 저 멀리 과수원에 내려앉은 아침 햇살이 오늘따라 생경할 정도로 싱그럽다. 여전히 새들은 나를 위해 지저귀고 있다.

동심의 공간

정선아 | 서울 원목중 2 | 2016년 용산 창작시 장려상 수상 작품

냉정한 시간

정선아 (서울 원목중 2)

시간은 앞으로만 간다.

뒤로 가는 법 없이

같은 속도로 철컥철컥 흘러간다.

하지만

시간이 멈춘 사람도 있다.

황당한 일을 당한 사람

마음의 상처로 앞으로 걸어갈수 없는 사람.

시간이 멈췄으면 하는 사람도 있다.

지금이 너무 행복한 사람

불러병으로 시한부 생을 사는 사람.

하지만

시간은 계속 흐른다.

간절한 기도를 뒤로하고

시간은 눈물처럼 흐르기만 한다.

시간은 오 빛처럼 냉정하다.

누구에게나 동일하다

하지만 누구에게는 다르다.

수의와 숙제

알베르 카뮈의 『이방인』

　　몇 해 전 어머니 생신 때였다. 저녁 식사를 마치고 식구들이 모여 텔레비전을 보고 있는데 어머니가 한마디 하셨다. "나 죽으면 울고 짜고 하지 마라. 그러면 망자가 저승으로 갈 때 모기떼가 윙윙거리며 다리를 물어뜯는 것 같아 힘들단다. 그러니 잘 가라고 '가거라 삼팔선'이나 불러라." 그러자 누군가가 "그러면 노래 테이프를 틀어 놓으면 되겠네요?" 했다. 방안은 웃음바다가 되었다. 눈물까지 찍어내며 웃고 있던 어머니가 장롱 위에서 커다란 상자를 내리셨다. 뜻밖에 그 속엔 삼베 수의와 상주들이 입을 상복이 차곡차곡 들어 있었다.

어머니의 생신날, 어머니 죽음에 대해 이야기 하며 웃고 있는 이 부조리한 상황을 수습하려는데 어머니는 죽음과 삶의 경계를 지워버렸다. 상자 속에서 수의를 모두 꺼내 당신 몸에 소용되는 스물 몇 가지를 하나하나 몸에 대보며 "이렇게 커서 원…" 하는 게 영락없이 어린아이가 명절을 앞두고 설빔을 되작거리는 것 같았다.

순간, 커다란 삼베옷에 겹겹이 쌓여 관 속에 누워 계실 어머니 모습이 떠올라 섬뜩했다. 『이방인』에서 뫼르소를 심판할 듯 이글거리는 태양이 내 정수리 위에서 비추고 있는 것 같아 나는 무덤덤한 척 화제를 돌렸다.

"엄마 요즘 학원은 잘 다니세요. 숙제 다 하셨어요. 한번 보여주세요."

어머니는 사위도 있고 해서 그런지 딴청을 피우다 결국 내 성화에 못 이겨 디즈니 만화가 그려진 국어 공책을 꺼내오셨다. 반듯반듯한 글씨가 빼곡히 채워진 공책을 한 장 한 장 넘기노라니 가슴이 뭉클했다.

맞춤법이 틀린 글자를 몇 개 고쳐주려니까 남이 고쳐 준 표시가 나면 선생님한테 야단맞는다며 내 손을 밀쳤다. 그러고는 직접 힘을 주어 반듯반듯 쓰시는 어머니 손이 낡은 호미 같았다. 책가방을 열어보니 안경이 두 개나 들어 있었다. 칠판 볼 때와 받아쓰기 할 때 번갈아 쓴다고 하셨다.

하지만 좁은 걸상에 너무 오래 앉아있으니, 허리가 아파서 가끔 결석을 한다고 하셨다. 플라스틱 필통 속에는 칼로 깎은 연필이 가지런히

들어 있었다. 삼십여 년 전 우리들 연필을 한 자루 한 자루 깎아 주던 어머니가, 칠순을 바라보는 연세에 당신이 쓰실 연필을 깎으며 무슨 생각을 하셨을까.

자식들 다 출가하고 아버지를 하늘나라로 보내신 뒤 어머니는 마음에 변화가 생겼는지 성당에 나가기 시작했다. 그런데 한글은 겨우 읽을 줄은 알아도 잘 쓸 줄을 몰라 답답해하셨다. 그러던 차에 막내딸이 친정에 갔다가 전봇대에 붙여 놓은 한글 학원 광고지를 떼어다 드렸는데, 며칠이나 망설이다 학원에 등록을 했던 것이다.

그날, 수의 상자를 옆에 두고 한글 숙제를 하고 계시던 어머니는 뫼르소처럼 냉담하고 담담했다.

내 나라임에도 불구하고 딴 나라 사람처럼 이름 없는 세월을 살아낸 자만이 마름질할 수 있는 힘일 것이다.

동심의 공간

최서현 | 서울 동원중 1 | 2016년 용산 도서관 창작시 우수상 수상 작품

부처

최 서현 (서울 동원 중1)

석가모니, 고타마 싯다르타
구원을 위한 출가
그대의
슬픔을
내가 느끼노라

석가모니, 고타마 싯다르타
고통을 위한 금식
그대의
아픔을
나도 아파하노라

석가모니, 고타마 싯다르타
환희를 위한 믿음
그대의
행복을
나도 즐기노라

석가모니, 고타마 싯다르타
수행을 위한 뼈 깎는 고통
그대의
번뇌를
내가 보듬어주노라

신비한 항아리

그리스 신화 「판도라의 상자」

현관을 들어서는 남편이 커다란 상자를 들고 있었다. 그것을 보물단지나 되는 것처럼 앞세우고 조심조심 안방 가운데에다 놓았다. 우스꽝스러운 그 모습을 지켜보다 못해 물었다.

"도대체 그게 뭐 길래 그래요?"

"복을 불러오는 영험한 도자기야. 부정 타니까 목소리 낮춰요."

남편은 손을 씻고 와서야 가로 세로 묶은 붉은 천으로 된 끈을 천천히 풀었다. 정말 판도라의 상자라도 여는 것 같았다. 나는 진지하게 내려다보고 있었다. 갖가지 질병과 욕심과 질투 같은 것들이 튀어나오기라도 하면 어쩌나.

그런데 그 상자 속에는 또 다른 상자가 있었고 그 안에는 커다란 청잣빛 도자기 항아리가 있었다. 전서체의 작은 글씨가 빼곡하게 적혀 있는 그 도자기 속에는 뭔가가 있었다. 효험을 증명한다는 비디오 테이프가 들어있었다. 그리고 청실홍실 수술이 달린 보자기가 네모반듯 접혀 있었다. 보자기를 꺼내 펼쳤다. 한지로 된 봉투 하나가 있었다. 남편은 그 봉투 속을 실눈으로 들여다보더니 부적이라며 얼른 닫았다. 판도라가 서둘러 뚜껑을 닫듯이 말이다. 그것을 다루는 남편의 태도가 어찌나 진지했는지 나는 함부로 웃을 수조차 없었다.

그리고 남편은 무릎을 접고 앉아 두 손으로 빈 항아리에 당신 지갑을 넣었다. 지갑 속에는 복권도 몇 장 들어있으리라. 그러더니 삼장법사 같은 목소리로 우리 집에 있는 예금통장을 다 가져오라고 했다. 아들아 이 수능 수험표도 가져오라고 했다.

"이제 우리 아들도 합격의 운이 따를 것이야. 이 도자기를 안방에 모셔두면 집안이 만사형통할 것이다."

나는 웃음을 참았다.

"그런데 얼마나 주고 샀어요?"

"이 사람이 부정 타게 무슨 쓸데없는 소릴."

그때 옆에서 그 광경을 힐끗거리던 아들이

"그렇게 복이 굴러 들어오는 도자기라면 그것을 파는 사람은 그 도자

43

기만 끌어안고 있지 뭐 하러 힘들게 장사할까요." 했다.

그러자 남편은 크게 한 방을 얻어맞은 권투 선수처럼 황당한 표정이었다.

"어험! 부정 탄다니까. 마음가짐이 중요하지."

짐짓 점잖게 아이를 나무랐다. 나는 파안대소를 했다. 그래놓고 녀석은 아빠에게 미안했던지 싱긋이 웃더니, 수험표와 지갑을 항아리 속에 넣어 놓고 자기 방으로 들어갔다.

이튿날 아침에 출근을 하려던 남편이 뭘 잊어버린 듯 다시 돌아서더니 항아리 속에서 아들의 지갑을 꺼내 열었다. 만 원짜리 두어 장을 넣는 것 같았다.

오후에 아들 녀석이 지갑을 열어보더니 시침을 뚝 떼고

"음! 정말 신비한 도자기군." 하면서 어깨를 으쓱해 보였다.

순진한 남편 때문에 속상하기도 하지만 철부지로만 여겼던 아들아이의 논리성에 짐짓 놀랐다. 나중에 알고 보니 지인이 팔아달라고 해서 어쩔 수 없이 샀다고 했다.

세월이 지난 지금. 쌀 대여섯 가마니의 거금을 주고 산 그 영험한 도자기는 남편의 관심 밖으로 물러난 지 오래다. 작은 방에 퇴물처럼 쪼그리고 있다. 각종 영수증 나부랭이를 마치 희망이라도 되는 듯 끌어안은 채.

동심의 공간

김진우 | 서울 은석초 5 | 53회 전국 어린이 글짓기 공모전 최우수상 수상 작품

노인과 고목

김진우   서울 은석초 5

노인이 주름살이 많듯이
고목도 나이테가 많아요

노인의 피부가 쭈글쭈글 하듯이
고목의 피부도 거칠거칠 해요

노인이 자손이 많듯이
고목도 가지가 많아요

노인의 마음이 넓듯이
고목도 그늘이 넓어요

노인이 가족이 많듯이
고목도 둥지가 많아요

울음터

연암 박지원 『열하일기 · 도강록』

　　장맛비가 푹푹 쏟아지고 있다. 하늘은 검은 홑이불을 두르고 묵직하게 내려앉아 있다. 엊그제 이모님께서 소천하셨다.

　　빗방울이 들쳐 창문을 닫았더니 후텁지근하다. 평소에 이모님의 근황에 대해 대충 알고는 있었지만, 내 앞가림하느라 이렇듯 유리창으로 가려놓고 살았던 것 같아 많이 죄스러웠다. 발인 날 운구 행렬에 참석하려고 서둘렀으나 차가 막혀 간신히 '승화원'에 도착했다. 급하게 도착한 곳은 감옥 면회실 같은 부스였다. 구멍 뚫린 유리 너머로 고인의 네모난 관이 컨베이어 벨트 위에 놓여있었다. 잠시 후 하얀 마스크가 옆에 있는 스위치를 눌렀다. 상주들의 통곡이 따라갈세라 관은 미끄러지듯 들어가고 쇠문이 덜컥 내려왔다. 뼈울음을 머금고 통곡의 부스를 나왔다. 검정 상복들이 삶은 가지처럼 대기실에 앉아있었다.

그리고 백여 분 만에 하얀 마스크의 능숙한 비질에 쓸려 이모님의 몸은 한 줌 재가 되어 둥근 도자기 속으로 들어갔다. 사람은 죽어서야 둥근 곳으로 다시 돌아가나 보다.

이모님은 인근 '메모리얼 파크'로 옮겨져 흔적 한 점, 남겨놓고 87년 한 많은 생을 마감하셨다. 한국 근대사 한 권이 소각되었다. 이승 떠나는 절차마다 꽃이 마중을 하고 꽃이 배웅을 하고 있었다. 이모님은 살아생전 꽃다발을 몇 번이나 받아봤을까. 인생 여정 가장 넘기 어려운 마지막 경계를 넘는데 꽃길이었으면 좋겠다.

이모님은 종종 "내가 살아온 곡절을 책으로 엮으면 한 권도 넘는다." 며 한숨을 부려놓으셨다.

1931년 일제강점기에 안동 장씨 집안의 맏딸로 태어났다. 그리고 꽃다운 스무 살 신부는 꽃다운 신랑을 만나 행복한 잉태를 했다. 그러나 그때가 바로 1950년 한국전쟁 언저리였다. 신랑은 강제 징집되어 소식이 끊겼고, 이모님은 유복자를 낳고 재봉틀 하나로 폭폭하게 살아내다, 이 길인가 저 길인가 싶어 재가를 했으나, 이모님이 디뎠던 길은 모두 가시밭길이었다. 꽃다운 신랑신부가 첫 단추를 채우고 옷섶을 여미기도 전에 단추가 뜯겨져 버렸다.

마지막 가시는 길, 훤칠한 손자가 영정을 들고 있었다. 육이오 전쟁이 없었다면 저런 헌헌장부가 이 세상에 존재했을까? 그래서 운명이라고 하나 보다. 남을, 세상을 탓할 것 없다. 주어진 운명에 순응해야 하는 이유였다.

이모님은 파란만장한 시대에 태어나 길도 없는 곳에서 질경이처럼 모질게 살아내셨다. 그렇지만 이모님이 뿌린 씨앗은 곳곳에서 뿌리에 뿌리를 잘 내리고 있는 중이다.

혼자 사시던 이모님 침대엔 여름 이불과 고쟁이가 잘 개켜있고, 냉장고에는 찌개 냄비가 들어있고, 주방엔 뽀송한 행주가 주인을 기다리고 있었다. 간단한 수술이니 며칠 후면 돌아오겠지 하고 현관을 나섰겠지만 이렇게 허망하게 나날살이는 끝이 나고 말았다. 숨을 거두어들이는 순간 이모님은 얼마나 헛손질을 하셨을까. 애증이 너무 많아 이승의 연을 놓는데 쉽지는 않았을 것이다.

그러나 지금쯤 이모님은 광활한 딴 세상을 만나 펑펑 울고 있을지도 모르겠다. 연암이 요동 벌판을 만나 "아, 참 좋은 울음터로다. 가히 한번 크게 울 만하구나." 하며 울었듯이 말이다. 우레와 같은 비가 그치고 나니 하늘이 청정하다.

잭슨 폴록의 「추상」을 보고

이기준 (은석초 4)

폴록의 그림은 눈 내리는 겨울 풍경 같다.
폴록의 그림은 낙엽이 흩어지는 가을 풍경 같다

폴록의 그림은 엄마한테 꾸중 들었을 때
억울한 내 마음 속 풍경같다.

폴록의 그림은 전쟁이나 지진이 났을때.
땅이 갈라지는 풍경 같다.

폴록의 그림은 정리되지 않고 어질러져 있는
내 방 풍경 같다.

폴록의 그림은 신기한 힘을 가지고 있다.

어
머
니
의
발

영화 〈국제시장〉

　　요즈음은 퇴근길이 즐겁다. 무릎 수술을 한 친정어머니가 요양 차 우리 집에 와 계시기 때문이다. 어머니께서 미리 데워놓은 찌개를 놓고 도란도란 저녁을 먹었다. 그리고 족욕 준비를 하는데, 피곤한데 쉬라며 나를 주저앉혔다. 장작 넣고 불 때는 것도 아니고 수도꼭지에서 온수 한 양동이 받는 일이 뭐가 힘들다고 그러냐며 제발 좀 그러지 말라고 하다 보니 또 책망하는 말투가 되어버렸다.

　　그런데 어머니의 발톱에 분홍색 매니큐어가 쪼르르 발라져 있다. 낮에 사위가 손발톱을 자르고 발라 줬다고 코를 찡긋거리며 웃으시는 모습이 아기 같았다. 싫다는데도 기어이 칠해줬다며 멋쩍어 하셨다.

그런데 어머니의 엄지발톱이 기형이고, 둘째 발톱은 검붉은 색이며, 새끼발톱 자리에는 깨알 같은 게 하얗게 박혀있었다. 낯설었다.

"엄마 언제부터 이랬어요. 원래부터 새끼발톱은 없었어요?" 하고 물었더니 "글쎄 왜 그런다냐? 모르겠네. 발톱이라고 안 늙겠냐." 하셨다.

당신 발톱 한 번 제대로 볼 사이 없이 사셨던 것이다. 죄송한 마음을 누르듯 꼭꼭 힘주어 발을 눌러드렸다. 어머니의 얼굴이 발그레해졌다. 이렇게 하고 나면 회복도 빠르고 잠도 잘 주무실 것이다.

나란히 침대에 누웠다. 이불 아래로 발을 내밀며 또 빙긋이 웃으셨다. 나도 발을 내밀었다. 같이 웃었다. 그런데 내 발이 가을밭에서 곱게 자란 포기 배추라면, 어머니의 발은 겨울 들판에서 거칠게 자란 '봄동'같았다.

어머니의 발은 짚신과 나막신 그리고 검정고무신 서릿발 같았던 세월을 기억하고 있을 것이다. 가끔씩 옛날이야기를 들려주셨다. 전북 임실에서 해방 전에 태어나 전주로 시집오기까지, 대한민국 현대사 질곡의 삶, 한가운데 나의 어머니도 계셨던 것이다.

며칠 전 영화 〈국제 시장〉을 어머니와 같이 보았다. 배에 올라타지 못해 가족과 생이별을 한 주인공이 천리 먼 타국에서 시체 닦는 일을 하고 탄광촌에서 노예나 다름없는 삶을 사는 것을 보며 훌쩍거렸다. 남편도 뒷주머니에서 손수건을 꺼냈다. 그러나 어머니는 저 정도는 울 일도 아니라며 심드렁하게 대꾸하셨다. 얼마나 힘든 세월을 살아왔으면 그러실까. 나로서는 짐작을 못하겠다.

장모님께 아내를 양보해준 남편 덕분에, 나는 어머니와 침대를 같이 쓴 지 두 달이 넘었다. '참 좋다! 엄마 곁이 너무 좋다.' 팔을 어머니 배 위로 길게 뻗어 이불이 들려 있지는 않은지 살펴보고 잠든다. 그런데 그렇게 잠꼬대를 심하게 하는지 몰랐다. 어젯밤에도 "아가 춥다." 하시며 이불자락을 끌어다 침대 끝으로 가져갔다. 흔들어 깨우니 눈을 반쯤 뜨고 "애기 없냐 저기 있더만 없어졌네." 그러더니 다시 몸을 무겁게 뒤척였다. 어머니 꿈속을 끌고 다니는 것은 무엇일까. 아침에 여쭤보니 "저기 침대 끝에 아기가 앉아 있는데 암반짝만 한 니 아버지 엉덩이에 애가 다칠까 봐 그런 것 같구나." 했다.

아마도 그 옛날에 한 이불을 쓰면서 이불을 끌어다 덮어 줘야 했던 근심이 지금까지 따라다니는 것 같았다. 질기기도 하다. 지금은 어머니가 너무 쇠약해졌다.

그동안 말이나 글로만 효란 어쩌고저쩌고 떠들었던 순간을 생각하니 얼굴이 화끈거린다.

서울에 자식이 넷이나 있지만, 노모는 달력에 동그라미 쳐놓고 내려갈 날만 기다린다. 어떻게 해야 나중에 후회하지 않을 것인지 아직도 가닥을 못 잡고 있다.

동심의 공간

최연우 | 서울 은석초 4 | 2016년 32회 용산 도서관 창작시 장려상 수상 작품

끈

최연우(서울은석초등학교 4학년)

우리 주변을 자세히 보면
모든 게 끈이다.
우리는
끈으로 실뜨기도 하고
끈으로 팽이도 친다.
끈은
털실이 되어 우리를 따뜻하게 해주고
신발 끈이 되어 발을 보호해준다.

나는 끈을 보면 엄마도 생각난다.
엄마와 나를 탯줄이 연결해줘서 태어났기 때문이다.

웃음

움베르트 에코의 『장미의 이름』

　수녀와 아기와 정치인 세 명이 동시에 한강에 빠졌다면 누구를 건질까. 정답은 정치인이다. 정치인을 빨리 건지지 않으면 수질이 오염되기 때문이라는 우스갯소리다. 이렇듯 웃음은 두려움에서 일탈을 넘어 적극적 저항과 해방을 담고 있다. 그렇기 때문에 권위적 집단일수록 웃음을 터부시한다.

　그러나 웃음이란 밤하늘의 별과 같은 것이다. 그래서 남우세스럽지만 우리 가시버시의 한나절 한담을 옮겨본다. 지난 주말이었다. 남편과 늦은 아침을 먹으며, 오늘은 신록의 창덕궁을 왕비처럼 걷고 싶다고 하니까, "오늘은 생리 중이라 힘들어요!" 하며 소파로 가서 리모컨을 쥐었다.

　며칠 전 남편이 코피가 난다고 다급하게 불렀다. 다가가 보니 휴지에 핑크빛 피가 조금 묻어 있었다. 남편의 엄살이 새살스러워 슬그머니 장난기가 발동했다.

"어머나~ 남자가 나이 먹으면 여성 호르몬이 많아진다는데 혹시 생리를 코로 하는 건 아닐까요?" 했다.

여간해서는 웃지 않는 남편이 입술을 깨물며 '쿡쿡' 거리더니

"좌우지간 여자가 나이 먹으면 배짱이 커지고 말이 는다는데 틀린 말이 아니야." 했다.

나도 질세라

"이제는 마트에 가면 오랜만에 패드도 사야겠어요."

남편이 또 한 번 "빵" 터진다.

생리하는 남편을 위해 모처럼 부침개를 부치고 있는데, 언제 왔는지 뒤에서

"얇게 부쳐요. 너무 두꺼우면 맛이 없어요." 한다.

"하하하 알았어요. 빨래나 걷어다 개켜 주세요." 하며 남편을 거실로 밀어냈다. 텔레비전을 보면서 색깔 별로 각을 맞춰 수건을 곰비임비 쌓고 있는 남편이 곰살스러웠다.

남편은 부침개를 다 먹고, 지어온 약봉지를 뜯으며 왜 이리 콧물이 오래 가는지 모르겠다고 푸념을 했다.

"병원을 한 번 옮겨 보세요." 라는 내 말에 산부인과 상상을 하는지, 이제 마누라 앞에서 아프다는 말도 못 하겠다며 물을 마신다.

우리 집은 둘이 사는데 이렇게 시시한 이야기로 언제나 시끌벅적하다.

상대에 대한 애정이 없으면 유머나 농담은 생각나지 않는다.

그러나 웃음은 악마의 소행이다. 웃음은 얼굴 근육을 일그러뜨려 원숭이처럼 보이게 한다며 경건과 엄숙을 요구하던 유럽 중세를 반영한 소설이 있다.

움베르트 에코의 장편소설 『장미의 이름』은 '웃음'을 매개로 교회의 권위에 도전하는 추리소설이다. 딱 한 권 남은 아리스토텔레스의 시학 2권 『희극』을 감추기 위해 도서관장은 책장에 독을 묻혀 놓아 여러 사람의 목숨을 빼앗는 장면이 나온다. 결국 장서관은 불길에 휩싸이고 기독교 최고의 장서를 자랑하던 수도원은 폐허가 된다. 그들은 웃음 속의 비웃음을 두려워했던 것이다.

성경에서 아브라함의 아들 이름을, 하느님은 이삭이라고 지어주었다. '이삭'이란 히브리어로 '웃음'이다. 우리말 단어 '벼이삭'은 벼의 웃음이고, 장프랑스와 밀레의 그림 〈이삭 줍는 여인〉은 웃음을 줍는 여인이 아닌지 조심스러운 상상을 해본다.

오늘 아침에 친정어머니와 통화를 했다.

"엄마 제가 사드린 신발 신으세요. 아는 사람은 알아요. 올여름 유행하는 편한 신발이에요." 하자 어머니는,

"알았어요 따님, 지나가는 사람 붙잡고 물어 볼게요~" 하고 농담으로 되받아쳤다. 에코의 푸른 장미가 빛 부신 아침이다.

동심의 공간

송민준 | 서울 중화초 3 | 2016년 53회 전국 어린이 글짓기 대회 입상 수상 작품

초록 비

송민준(서울 중화 3)

숙제를 하는데 갑자기 소낙비가 내렸다.
산에도 비가 내렸다.
만약에 초록색 비가 내린다면 어떻게 될까.
지구 전체가 초록색이 될 것이다.
바다, 강, 수돗물도 모두다 초록물이 되면
과일도 초록색이 되고
물고기들도 초록색이 되고
동물들도 초록색이 될것 같다.
사람들도 슈렉처럼 될 것 같다.
비에 색깔이 있다면
핵보다 전쟁보다 더 무서울 것같다.
비의 색깔이 없어 정말 다행이다.

큰 꿈

생텍쥐페리의 『어린 왕자』

우리 집 식탁은 다양한 용도로 사용된다. 토론의 장이 되기도 하고, 조리 과정에서 일차 손질을 마치는 조리 탁이 되고, 책도 보고 글도 쓰니 책상도 된다. 이렇게 식탁 앞에서 모든 것이 이루어지니 처음부터 식탁을 길고 크게 맞추었고 식탁 아래 나의 비밀 서랍을 달아 놓았다.

그 속에는 내 일기책이 들어있다. 실은 할미가 쓰는 손주 일기다. 내가 선택한 손주 일기장은 '어린 왕자' 책이다. 그림과 여백이 많은 책을 골랐고 그 사이사이 여백에 일기를 쓰고 있다. 매일 쓰는 게 아닌지라

일기라고 하기는 그렇다. 그럼에도 어느덧 한 권의 여백이 다 채워져 가고 있다. 나중에 우리 손주가 어린 왕자를 읽을 나이가 되면 이 일기 책을 줄 것이다.

2015. 1. 25. -태몽-

어젯밤에 박근혜 대통령이 우리 집으로 들어왔다. 계단에는 수행원과 기자들이 웅성거리고 있었다. 옥색 정장을 입은 그녀는 거실을 둘러보고 작은 방으로 들어갔다. 그리고 책상 위에 둘둘 말려 있던 작년 달력을 주룩 펼치더니 붓으로 글자를 썼다. 그러나 그녀는 잠시 후 한마디 말도 하지 않고 나갔다. 나간 뒤 달력을 펼쳐보니 '민 주' 라는 두 글자만 적혀 있었다. 꿈이었다. 꿈이 너무 특이해 검색을 해보았더니 대통령 꿈은 길몽이라고 했다.

그날 점심 때 '시 동인' 회합이 있어 꿈 이야기를 풀어놓았더니, 남자 선배님이 "그건 태몽인데 손 시인 혹시 태기가 있어요?" 라고 해서 좌중이 웃음바다가 되었다. 그러자 옆에 있던 여 선배님이 "혹시 며느리가 아기 가졌나요?" 하고 묻는다.

"아뇨 그런 소리 못 들었는데…."

설마 하고 그 자리에서 아들한테 문자를 넣어보았다. 'NO'라고 바로 답장이 왔는데 그날 저녁 놀라운 일이 벌어졌다. 며느리가 혹시나 해서 테스트를 해보고 양성반응이 나와 병원에 가보니 진짜 회임을 했다는 것이다. 신기하고 어리둥절할 따름이었다.

그리고 태명을 '태몽'이라고 지었다. 그렇게 열 달을 기다렸고 2015년 10월 5일 마론 인형처럼 예쁜 아가가 우리 곁으로 왔다. 그리고 이름도 꿈에서 대통령이 써 준 그대로 민주라고 지었다.

실은 그때 아들 내외는 아들 하나만 키울 것인지 더 낳을 것인지 미결정 상태였던 것 같았다. 내가 외아들을 키워보니 하나는 더 두는 게 좋을 듯했으나 너희들이 알아서 하라고 했었다.

그렇게 태어난 우리 손녀는 어느새 세 살이다. 이 글을 쓰고 있는 지금 동영상 도착 알림음이 울린다. 열어보니 분수처럼 머리를 앙증맞게 묶은 민주다. 민소매 분홍 원피스를 입고 화단 앞으로 토닥토닥 뛰어가더니 꽃을 두 손으로 만지려다 떼면서 어미를 바라본다. 함부로 만지면 안 된다는 것을 안다. 꽃과 손녀의 키가 똑같다. 꽃과 꽃이 서로를 바라보고 있다. 아장아장 걸어가는 모습이 '꽃'이란 글자와 닮았다.

우리 민주는 누구에게나 꽃과 같은 존재가 되었으면 좋겠다.

동심의 공간

김우진 | 서울 신현초 6 | 2016년 중랑구 백일장 동상 수상 작품

한 강

김우진 (서울 신현초 6)

한강은 할아버지의 낚시터
할아버지는 무엇을 낚고 싶어 하셨을까
지금은 알 수 없지만 마음으로 물어본다

한강은 아빠의 안식처
할아버지가 그리울 때 찾아가는 곳
아빠가 편안함을 느낄 수 있는 집과 같은 곳

한강은 할아버지 얼굴
할아버지가 보고 싶을 때 찾아가는 곳
바람 따라 물결치는 한강은
할아버지가 웃는 얼굴 같다.

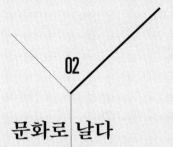

02

문화로 날다

8호 방

조지 오웰의 『1984』

서대문 형무소에 갔다. 유관순 열사가 수감 되었던 방 앞에 섰다. 8호라고 쓰여 있다. 8이라는 숫자가 열사의 손목을 옥죈 수갑으로 보였다. 조지 오웰의 작품 『1984』에서 정신을 바꿔버리는 고문실은 101호였다. 나에게 101이란 숫자가 칸과 칸 사이에서 정신을 제로로 바꿔버리는 곳이란 공간적 이미지로 읽혔었다.

한 평 남짓 정도의 8호 방에 발을 디뎠다. 오월인데도 오싹했다. 댕기머리에 무명 한복을 입고 퉁퉁 부은 소녀들이 내 코앞에서 입을 옴싹거리는 것 같았다. 오 분도 견디지 못하고 나왔다. 오 분이 뭔가, 채 일 분도 안 되었을 것이다.

암흑 속에서 빠져나온 느낌이었다. 함박꽃 같은 소녀들이 꽃 한 번 피워보지 못하고 무참하게 꺾인 처참한 공간이다.

철창으로 둘러싸인 음산한 지하 고문실로 내려갔다. 거꾸로 매달아 놓고 주전자로 물을 먹이거나, 바늘로 손톱 밑을 찌르고 날카로운 못을 박아놓은 상자 속에 넣고 마구 흔들었다는 그곳에서 오디오로 비명소리까지 흘러나왔다. 탐방객들 표정이 뭉크의 절규 같았다.

『1984』의 주인공 윈스턴이 굶주린 쥐 떼들에게 얼굴을 공격당하는 101호 고문 장면까지 떠올라 더 이상 머무를 수가 없었다. 과연 인간은 얼마나 잔인할 수 있단 말인가. 101호 고문 경찰은, 권력이란 고통과 모욕을 가하는 데 있으며 그들이 원하는 대로 새로운 형태로 짜 맞추었을 때 쾌락을 즐길 권리를 누리는 것이라고 말한다. 일제의 고문 경찰도 다르지 않을 것이다.

결국 101호에서 윈스턴의 정신이 개조되었다. 자유는 예속이고 무지는 힘이라며 빅브라더를 사랑하게 된다. 그러나 우리의 열사들은 끝까지 버티다 더러는 사형장의 이슬이 되었다. 사형장 옆에 있는 통곡의 미루나무 앞에서 통곡의 그날을 미루어 헤아려보았다. 안타깝고 답답했다. 아직도 친일의 실타래를 제대로 풀지 못하고 있다. 지금도 요소요소에서 친일의 그림자가 중력으로 작용하고 있다.

여 옥사 뒤 붉은 담벼락에 8호라고 쓰여 있는 파란 아크릴판을 올려다보았다. 그 옆에 책보자기만 한 쇠창살 창이 보였다. 저 창살 안에서 얼마나 가슴을 쳤을까. 푸른 하늘을 나는 새들을 보며 날마다 밤마다 '이카루스의 탈출'을 꿈꾸었을 것이다.

그런데 8호 쇠창살에서 내려다보이는 대각선 아래, 비슷한 크기의 하수구 쇠창살이 있었다. 아뿔싸! 그 깜깜한 하수구 쇠창살 사이사이로 풀이 푸릇푸릇 올라오고 있었다. 신기하고 당황스러워 쪼그리고 앉아 고개를 숙였다. 역겨운 시궁창 냄새가 내 목을 그물처럼 훅~ 끌어당겼다. 나도 몰래 한 발짝 뒤로 물렀다. 하수구 주변에서 한참을 서성거렸다.

희미한 '빛줄'을 타고 여죄수들이 하수구를 통해 탈출한 것일까. 하얀 나비 한 마리 어디서 날아왔는지 주변에서 사부작거렸다.

1919. 3 .1. 태극기를 들고 독립만세를 외치던 그녀들의 영혼이 맴도는 것 같았다.

그 옆 그늘진 곳에는 작은 연못이 있다. 안내 표지판을 보니 여죄수들의 빨래터였다. 이 자리에서 빨래를 했을 그녀들의 마음을 더듬어보았다. '빨래터'가 아니라 '울음터'였을지도 모르겠다. 자금자금 뽀얀 수련이 애련하다. 나는 낡은 말뚝처럼 한참을 서 있었다.

"여보 묵념 그만하고 빨리 와요. 비가 올 것 같아요."

남편이 대형 태극기 벽화 앞에서 성냥개비처럼 서 있었다.

빗방울이 흰 종아리를 보이며 종종걸음으로 다가오고 있었다. 출입구에 높고 둥근 탑이 탐방객을 내려다보고 있었다. 인류 최초의 디스토피아 소설 『1984』에 나오는 팬옵티콘이 여기에도 있었다.

동심의 공간

이정현 | 서울 신내초 3 | 2017년 영풍문고 어린이 글짓기 대회 입상 수상 작품

아빠

이정현(서울 신내 초 3)

새벽에 빨리 일어나면 아빠가 보인다.
자고 나서 눈을 뜨면 아빠는 안 보인다

텔레비전을 12시까지 보고 있어도
아빠가 오시지 않을 때도 있다.

아빠가 목걸이를 들고 피아노 학원에
오신날,
나는 그날만 생각해도 좋다.

괴
불
노
리
개

영화 〈귀향〉

　　산책길에서 가닥가닥 길쑴한 노란 꽃을 만났다. 신기해서 사진을 찍어와 이름을 알아보니 '괴불주머니'였다. 낯설었다. 한복에 장식용으로 달고 다니는 노리개를 '괴불노리개'라 하는데 그걸 닮아서 '괴불주머니꽃'이라고 했다고 한다.

　　연관 검색어로 영화 〈귀향〉이 떴다. 작년 겨울 〈동주〉만 보고 〈귀향〉을 보지 못했다.

　　내친김에 영화 채널에서 귀향을 클릭했다. 정신위안부 이야기는 다큐나 책을 통해 웬만큼 알고 있는지라, 거실 보료에 비스듬히 누워 느

굿하게 시청을 했다. 그러나 열네 살 외동딸이 일본군에게 질질 끌려가는 것을 통곡하며 지켜볼 수밖에 없는 애끓는 모정 앞에서 나도 모르게 자세를 고쳐 앉았다. 하지만 자정이 다 되어가니 눈이 뻑뻑하고 피로가 밀려와 일시 멈춤을 눌렀다. 잠깐 눈 좀 붙이고 보든지 내일 볼까 했다. 그러나 막사 구석에 공포에 질려 공벌레처럼 쪼그린 정민이가 내 눈썹에 대롱대롱 매달려 있었다.

다시 일어나 쿠션을 안고 시작 버튼을 눌렀다. 단발머리 소녀들이 군용차에 끌려 남의 나라 땅에서 짐짝처럼 옮겨지고 발길에 차인다. 열 몇 살 소녀들이 짐승들에 의해 헝겊 인형처럼 축축 늘어져 있다. 그 상황에도 괴불노리개를 보물처럼 움켜쥐고 있다. 아니다. 어머니의 손이다. 억장이 무너진다. 영화가 끝날 때까지 계속 훌쩍거렸다.

솔직히 나는 별로 기대하지 않았다. 남들이 많이 봤다니까 소통을 위해서라도 봐두어야겠다는 생각이었다. 그런 나의 착각이 죄스러웠다.

영화에서의 괴불노리개가 의미하는 것은 우리민족의 상징이며, 정신 위안부로 끌려간 소녀에겐 부적과 같은 것이었다. 마지막 장면의 여운이 선명하다.

해방될 기미가 보이자 짐승들은 소녀들을 산속 구덩이에 몰아넣는다. 소녀들은 손을 뒤로 결박당한 채 부들부들 떨고 있다. 무겁게 고개를 돌려 뒤를 바라보는 애처로운 눈망울을 향해 짐승들은 방아쇠를 "텅 텅 텅" 당긴다. 마치 장난감 총으로 장난질을 하는 것 같았다. 소름이 돋았다.

소녀들 주검이 뙤약볕 아래 너덜너덜 포개져있다. 하얀 모시나비들이 팔락팔락 날고 있다. 소녀들의 넋이 떠나지 못하고 뱅뱅 도는 것 같다. 영혼이라도 자유로운 나비가 되었기를 기도하며 잠자리에 들었다.

한 가지 더 바람은 〈귀향〉이 국제 영화제까지 진출 하여 정신위안부 피해자 할머니들에게 '괴불노리개'가 또 다른 부적이 되기를 소망해본다. 깃털도 많이 쌓이면 배를 가라앉히는 법이다.

오늘(2016. 7. 15.) 일간지 문화면 미니 박스 기사가 눈에 띄었다.

영화 '귀향' 수익금 5억 원 나눔의 집 전달

그래도 착하고 아름다운 사람이 더 많다. 희망을 걸어 볼만한 세상이다.

김태훈 | 서울 중화초 3 | 2017년 영풍문고 어린이 글짓기 대회 입상 수상 작품

가족

김태훈 (서울 중화초 3)

달콤한 초콜릿같은 행복
짜디짠 소금같은 슬픔.

매운 고추같은 괴로움
쫀득이처럼 쫀득한 기다림.

화로처럼 따뜻한 사랑
이불처럼 포근한 사랑.

사랑처럼 소중한 가족.

궁지와 긍지

나다니엘 호손의 『주홍글씨』

골목 삼거리에서 어깨에 띠를 두른 여인들이 서성거린다. 멀리서 봐도 교회에서 전도하러 나온 것을 단박에 알 수 있다. "예수 믿고 천국가세요~" 얌전한 이를 드러내며 일부러 눈을 마주치려한다. 눈을 마주치면 심지어 차를 마시고 가라며 이끈다. 나는 예의 목례만 하고 돌아선다. 나토롬한* 아주머니 한 분이 거미줄에 걸린 나방처럼 쩔쩔맨다. 신호등 건널목까지 따라가면서 우리 교회가 부흥회를 하니 한 번만 나와 보라며 전화번호라도 달라고 한다. 그분은 도망치 듯 종종걸음으로 궁지에서 빠져나간다.

오늘은 그들이 나눠 준 휴대용 물티슈를 세 곳에서나 받아왔다. 갑자기 왜 길바닥 전도하는 사람들이 늘어났을까. 오지랖을 거느리고 사무실에 도착해 보니 어제 읽다만 『주홍글씨』가 책상에 두 팔을 벌리고 엎어져 있다.

17세기 중엽 영국 청교도의 식민지 보스턴에서 일어난 간통 사건을 다룬 작품이다. 클래식을 틀어놓고 드립 커피를 진하게 마시면서 드라마에서 본 듯한 자세로 앉아 책장을 넘겼다. 가슴 한복판에는 금실로 정교하게 'A'가 수놓아진 주홍빛 헝겊이 달려 있다. 주홍글자, 그것은 주인공인 헤스터 프린을 평범한 인간관계에서 떼어놓는 낙인이었다. 그러나 그녀는 처형대 위에서 모욕을 받는 순간에도 기품을 잃지 않았다.

---

* 나토롬하다: 나이가 들어 보인다는 전라남도 방언

물론 그녀의 행위가 정당했다는 것이 아니다. 그 일을 둘러싸고 벌어진 사회 모순에 대해 말하고 있다. 지배층, 그들의 행위를 정당화하고 화합을 이끌어내기 위해 희생양이 필요했던 것이다. 흔히 마녀사냥이라고 한다.

그녀는 영국에서 늙은 의사와 원치 않는 정략결혼을 했다. 신대륙으로 건너오는 과정에서 남편은 나중에 오고 헤스터가 먼저 도착했다. 그러한 여러 가지 사정이 있었다. 우연히 교회에서 만난 딤즈데일 목사에 대한 존경심과 동경은 뿌리가 깊었다.

소슬한 기억 하나가 도꼬마리 씨처럼 달라붙었다. 겨울날 새벽에 나는 성경책을 끼고 어둑한 골목길을 종종걸음을 쳤다. 자고 있는 아기 때문에 남편과 나는 번갈아 새벽기도에 참석했다.

남편의 사업 실패로 세 살짜리 아들을 데리고 서울에서 전라도 부안으로 도피처럼 이사를 갔다. 그리고 암암리 들은 소문이 있어, 서울 중앙시장에서 산 빵 굽는 틀도 이삿짐 살림살이 속에 실려 있었다. 남편은 며칠 동안 포장마차를 얼기설기 만들었다.

부끄럽고 창피한 마음을 가질 여유도 없었다. 그만큼 절박했기 때문이다. 하지만 포장마차를 세울 곳이 없어 이리저리 쫓겨 다녔다. 며칠 후, 우리의 사정을 알게 된 유명 가구점 주인이 당신네 가게 앞에서 하라고 했다. 그리고 장소가 좋아 빵은 불티나게 팔렸다. 나는 '팥소'를 만들어 대기에도 바빴다. 남편은 지폐와 동전이 묵직하게 든 검정 비닐을 들고 저녁 늦게 들어왔다. 아기가 깰까 봐 두툼한 방석에 쏟아 놓고 돈을 세기 바빴다.

그 단칸방에서 그날 그 순간들은 우리 부부만 아는 비밀의 꽃봉오리로 남아있다. 그 어린 나이에 어디서 그런 용기가 났는지 모르겠다.

그 후 가구점 주인의 전도로 교회에 나가게 되었다. 엎드려 새벽기도를 하던 예배당 마룻바닥의 차가운 감촉은 지금도 잊히지 않는다. 젊은 우리 부부를 위해 용기를 주던 인자하신 목사님이 있었다. 남편도 나도 가끔 그 목사님을 떠올린다. 지금 말하자면 천막교회 비슷한 거였다.

그렇게 궁지에 빠졌을 때 종교는 우리에게 푸른 날개를 달아주었다. 그리고 그 후 빚을 청산하고 다시 서울로 올라와 검불덤불 살다 보니 교회와 거리가 멀어졌다.

파출소 열 곳 짓는 것보다 예배당 한 곳 짓는 게 더 낫다고 한다. 그러나 때론, 사회질서와 마음의 평화를 위해 인간이 만든 계율이 신, 혹은 그 밖의 사상으로 절대화된다. 오히려 질서와 조화를 무너뜨리고 자신들의 틀에 맞지 않으면 아웃사이더로 만들어버린다. 하물며 적극적이고 정의로운 사람들은 악법에 의해 '악'으로 단죄되어 사회에서 분리를 시켜버린다.

엄격한 청교도의 율법을 어겼다는 이유로 낙인이 찍힌 헤스터의 삶도 그렇다. 햇빛이 그녀의 오두막을 비추면 그녀는 이미 집을 떠나고 없었다. 오직 어둠이 깃든 집만이 그녀를 불러들일 수 있었다. 정성 어린 그녀의 보살핌을 고맙게 여긴 마을 사람들이 감사의 뜻을 표현하려고 해도 그녀는 뒤도 돌아보지 않고 갔다. 그래도 굳이 인사를 하겠다고 다가오면 그녀는 손가락으로 자신의 가슴에 붙은 주홍글씨를 가리키곤 했다.

그렇게 칠 년이 흐른 뒤 마을 사람들은 간통(Adultery)의 'A'를 천사(Angel)의 'A'로 바꿔 부르게 된다. 인간이 죄를 짓지 않고 살 수는 없다. 어떻게 사느냐에 따라 '궁지'가 '긍지'로 바뀌게 되는 것이다.

동심의 공간

이연재 | 서울 경희여중 1

나로샤

이연재 (서울 경희여중 1)

나비는 애벌레의 한이다
나비는 고치의 분신이다
나비는 꽃의 소망이다
나비는 우주의 꿈이다
나비는 바람이다
나비는 추억이다
나비는 사랑이다
비워야 나비가 된다
나는 나비다

루비콘강

프란츠 카프카의 『변신』

멀쩡한 사람들이 스마트폰을 보며 서성이는가 싶더니 느닷없이 멈춰서 손가락으로 화면을 휙 긁어 올린다. 보이지 않는 귀신(몬스터)이 나타났단다. 나는 저들이 외계인 같다. 아니 내가 외계인인지도 모르겠다.

어떤 기능을 겨우 따라 할만하면 또 다른 기능이 나온다. 빛의 속도로 변하는 세상에서 내심 불안하고 초조하다. 꼰대라고 할까 봐 까치발로 쫓아가지만 갈수록 힘에 부친다.

그래서 지성知性의 끈이라도 붙들어 두고 싶어, 인문 고전을 많이 읽기로 했다. 고전은 '낡음'이 아니고 '오래된 미래'이기 때문이다. 의외로 사람들이 고전 명작일수록 읽지 않고 제쳐 둔다고 한다. 일상에서 많이 회자되기 때문에 본인도 읽었다고 착각하기도 한다. 또한 대화에서 소외되지 않기 위해 베스트셀러를 챙겨 읽기도 바쁘기 때문이다.

프란츠 카프카의 『변신』을 청년기에 읽었을 때는 주인공이 하루아침에 벌레로 변한 충격적인 사실에 뒷이야기가 궁금해 책장을 술술 넘겼었다. 그러나 살아온 날 보다, 살아갈 날이 짧은 지금의 관점은 달랐다.

우리는 흔히 일만 하고 사는 사람을 일벌레라고 한다. 비극의 주인공 그레고르의 삶에서 비정규직의 수많은 가장이 떠올라 답답했다. 더 당혹스러운 것은 갑충으로 변한 것이 자신의 아들이고 자신의 오빠라는 걸 알게 되지만 연민은 잠시, 가족들도 그레고르를 혐오스러운 벌레 취급한다. 급기야는 아버지가 일부러 던진 사과에 맞아 그는 서서히 죽어간다. 그리고 하녀의 빗자루에 쓸려나간다.

그레고르는 세 식구를 위해 일벌레처럼 일만 하다가 진짜 벌레로 생을 마감한다. 하지만 그가 소심하고 나약한 인물 같다는 생각을 떨칠 수가 없다. 벌레가 된 잠자는 천장에 거꾸로 매달려 있을 때, 거의 행복이라고 해도 좋을 만큼 방심 상태에 빠져들기도 한다는 것이다. 내용 중에서도 사람으로 다시 변하고 싶다는 그런 욕망은 드러나 있지 않다. 그는 실질적인 가장으로서 여동생의 레슨비까지도 촘촘히 챙겨야 하는 일상 자체가 몸과 마음을 짓누르는 중력이었을 것이다.

그러나 녹록한 인생이 어디 있는가. 그는 외판원으로서 여러 분야의 사람들을 접할 수 있다. 또한 그 당시 외판원이란 직업은 쉽게 들어가지 못했다. 그런 경험 또한 뒤집어 생각하면 앞으로 자신의 인생을 살아내는데 밑거름이 될 것이다. 그가 고치 단계까지 슬기롭게 견뎌 냈으면 나비가 되어 자유롭게 행복하게 살아갔을 것이다. 중간에서 포기한 것이다. 그걸 뒷받침해주는 푸념을 옮겨본다. '한 사람과의 교제도 오래 지속된 적이 없어. 정말로 친해지는 사람은 하나도 없다. 이 얼마나 지

긋지긋한 일인가.' 그는 자기 자신을 뛰어넘는 도전에 실패했다.

하지만 그레고르 잠자의 가족 '변신'은 놀랍도록 재빠르다. 하녀를 내보내고 작은 집으로 이사를 하고 세 사람 다 직업을 갖게 된다. 그리고 딸 그레테가 새로운 노동력으로 변신하여 다시금 그들의 안락을 채워 줄 것이라는 확신으로 차 있다. 어찌 보면 또 한 마리의 일벌레가 태어나는 순간이었다.

그레고르도 진작 이렇게 계획을 세웠더라면 좀 더 홀가분하게 직장 생활을 할 수 있었고 자신의 미래도 설계했을 것이다. 타협과 소통에 실패한 그레고르가 안타깝다. 그래서 그의 '변신'은 실패라고 본다.

변신은 내면의 욕망을 표현하기 위한 방편이다. 무언가를 갈망하거나 좌절에 빠질 때 우리는 변신을 시도한다. 몸에 문신을 새기거나 무언가를 칠하기도 하고 헤어스타일을 바꾸기도 한다. 외형적 변신에 이어 정신적 변신에 적응하면 거듭날 수 있지만 그렇지 못하면 변방 신세를 면치 못한다. 그런 의미에서 잠자 씨 가족은 변화와 변신에 성공한 것이다. 그러나 적어도 아들의 죽음에 대한 가족의 태도는 변심이고 배신이다. 그런 점에선 변신도 양날의 칼이다.

예를 들어 세르반테스의 작품 속 주인공 돈키호테의 죽음도 변신의 실패에 있다. 중세 시대가 몰락하고 새로운 시대가 도래했는데 과거의 낭만 기사를 꿈꾸었다. 그가 입은 갑옷은 벗어버려야 할 허물이지 새로운 시대의 의상은 결코 아니었다. 새로운 시대를 알리는 풍차를 막무가 내로 들이받는다고 해서 오는 시대를 막을 수 없다.

오늘, 대한민국은 깊고 넓은 루비콘강을 건넜다. 안타깝지만 대통령이 탄핵을 받고, 파면 선고가 내려진 날이다. 시련도 또 하나의 봉우리다. 또 한 번의 한강의 기적을 기대해 본다.

내 앞에도 크고 작은 루비콘강이 가로 놓여있을 것이다. 실개천 건너듯 사뿐히 건널 수 있는 여유와 지혜가 필요하다. 고전을 다시 접하고 글을 쓰느라 내 자신을, 사회를 조용히 응시할 수 있는 시간이 많아졌다.

동심의 공간

강다연 | 서울 용마중 1

나비

강다연(서울 용마중 1)

나비는 묶여 있지 않는다.
나비는 휩쓸리지 않는다.
나비는 쫓기지 않는다.
나비는 납부랍지 않다.

하지만 나비 안에는 오늘도 열심히 노력한다.
우리가 보는 나비는 자유롭지만
그 안에서는 힘든 나비가 보인다.

내 안에 있는 나비를 깨워야 한다.

미국제비꽃

붉은 벽돌 담 틈에 보랏빛 풀꽃 한 포기가 피어있다. 그 모습이 너무 갸륵하고 신기해 한참을 서서 바라보았다. 흙냄새 나는 곳이면 어김없이 뿌리를 내려 꽃을 피우고야 마는 생명력이 경이롭다. 하지만 만물의 영장이라는 인간은 너무 쉽게 삶을 부정하고 포기하기도 하는 극단적인 사건들이 줄을 잇는 게 요즘 현실이다.

이런저런 생각이 실타래 풀어지듯 풀어졌지만 갈 길이 바빠 핸드폰으로 사진을 찍어 두고 자리를 떴다.

며칠 후 사진 폴더를 정리하다가 그 갸륵한 꽃 이름이 궁금해졌다. 검색해 보니 '미국제비꽃'이다. 잎이 종지를 닮아서 '종지나물'이라고도 한다. 그 꽃이 밭을 이룬 사진이 많이 올라와 있었다. 그러나 담벼락 틈, 한 종지 흙에 뿌리를 내린 딱 한 포기의 느낌과는 많이 달랐다. 그리고 영어명은 바이올렛이며 약간 다른 한국제비꽃은 오랑캐처럼 들판 아무 곳에서도 잘 살아남는다 하여 '오랑캐꽃'이라고 한다는 것도 알게 되었다.

미국제비꽃은 8·15 광복 이후에 들어와 귀화한 꽃이라고 한다. 그렇다. 전쟁은 무수한 피해를 남기지만 문화와 문명의 교류가 일어나는 시점이기도 하다. 하와이나 중앙아시아 들판 풀섶, 어느 담장쯤에도 그들에게 '한국제비꽃'이란 이름으로 불리는 꽃이 자라고 있을 수도 있다. 꽃이 지들끼리 걸어갔을 리 없다. 한 많은 보따리 행렬에 묻어갔을 것이다.

얼마 전 카자흐스탄에서 우리 민족이 살아내는 모습을 방영하는 다큐 프로를 보았다. 예전에 한국 화가가 그렸다는 그들의 결혼식 그림 한 점이 인상적이었다. 우리 전통 결혼식 장면과 닮아있었지만 하객 복장 등이 절묘하게 러시아풍이었다.

하지만 그들이 나라를 빼앗기고 말 설고 낯선, 만리타향에서 살아남기 위해 겪었을 고생은 담벼락에 매달려 피어난 한 송이 꽃보다 더했으면 더했지 덜 했을 리 없을 것이다. 한반도 역사의 아픈 산물이다. 그들도 미국제비꽃처럼 활짝 피어났으면 좋겠다.

세상과 아이

김태은 (서울 한천 중 1)

아무도 그 아이에게
세상을 알려준 적이 없기에
그 아이는 전혀 세상이 두렵지 않다.

아이들 중 그 누가 어릴때부터
장래희망을 돈을 보고 정했던가.

해만 보고 무작정 날갯짓을 하다
이카루스 처럼 추락하고 만다.

해맑던 아이들이 누렇게
변해 갈 지 누가 알았을까.

소의 눈물

이중섭 탄생 백 주년 전시회

●

'이중섭 탄생 100주년 전시회'에 갔다. 소 그림 연작을 직접 볼 수 있다는 설렘이 컸다. 그러나 막상 가보니 내가 가지고 있는 카피본보다 조금 클 뿐 별다른 차이가 없어서 허전했다. 내가 미술 감상 수준이 미치지 못하는 것도 있겠지만 요즘은 카피와 진짜를 구별하기 힘들 정도로 사진 기술이 발달해서 그럴 수도 있을 것이다.

〈노을을 등진 소〉 앞에서 다가서도 보고 멀리서도 보고 옆에서도 보았다. 따스하고 부드럽지만 거친 붓놀림 속에는 장 프랑수아 밀레와 빈센트 반 고흐도 보였다.

붉은 노을 속에서 짧은 뿔을 세우고 눈도 치켜뜨고 벌름한 코, 아랫니가 두 개나 보였다. 짐승의 무기인 뿔과 이빨에 시선이 모아졌다. 작가의 울분일까. 한민족의 시대적 슬픈 염원을 담은 것일까. 음매~음매

울음소리가 들리는 듯했다. 그러다 포도알 같은 순한 눈망울 속에서 기억 하나가 인화되었다.

몇 년 전 여름휴가 때 친정어머니의 고향 임실을 찾았다. 너른 논밭의 초록이 햇빛 아래서 *끄덕끄덕* 졸고 있었다. 논두렁 밭두렁 사이로 들어서니 작은 마을이 있다. 그런데 이집 저집을 기웃거려도 개 짖는 소리만 여기저기서 들릴 뿐 인기척은 없었다. 어머니가 흙마루에 매미처럼 앉아있더니 흙 한 줌 던지듯 한 말씀 하신다. "다 죽었는 갑다." 키가 큰 맨드라미도 눈곱이 떨어지게 졸고 있었다.

흙 마당에는 농기구가 지친 듯 어깨를 맞대고 있고 집집마다 소가 있었다. 누런 소는 모르는 사람들이 불쑥 나타나 등을 쓰다듬어도 눈만 끔뻑끔뻑, 되새김질만 하고 있었다.

그때 그 마당에서 본 황소의 눈망울을 잊을 수가 없다. 선하고 순한 우리민족을 닮은 것 같았다. 그래서 이중섭은 소를 많이 그렸을까.

요즘 뉴스에서 AI와 구제역 때문에 살처분 되는 닭과 소를 보고 있으면 착잡하다. 육류 소비가 늘어나면서 자연 사육이 아닌 공장식 사육이 일반화되었다. 또한 화학비료에 항생제까지 먹여 키우는 환경이 소의 면역력을 약화시킨다.

'인간이 소를 먹는 게 아니라 소가 인간을 먹어치운다.'는 미국의 경제학자 제레미 리프킨 역설에 의하면 사육되는 소는 전 세계 토지 4분의 1을 점하고 지구의 곡물 3분의 1을 소비한다. 그리고 쇠고기 1kg을 생산하는데 물 617L가 필요하다. 또한 사육 과정에서 나오는 수십억 톤의 이산화탄소는 지구 온난화의 주범이기 때문이라니 일견 수긍을 하면서 두렵다.

나는 이제 육식을 줄여야지 다짐을 한다. 그러나 냉장고를 열어보면 우유, 치즈, 햄, 달걀… 이런 것들이 다 어디서 왔는가.

우리가 고기를 먹을 때 그 짐승의 체질과 질병 억울함과 분노까지 먹는다고 한다. 동물도 감정을 느낀다. 결국은 동물이 행복해야 인간도 행복하다. 세상 순환의 이치는 만다라이며 뫼비우스의 띠다.

흔히 인간만이 눈물을 흘린다고 생각하지만 그렇지 않다. 눈이 있는 동물은 기본적으로 눈물샘을 가지며, 인간처럼 슬플 때 눈물을 흘리기도 한다. 우시장에 팔려가는 송아지나 어미 소가 눈물을 흘리거나, 반려견이 눈물을 흘리는 것을 보았다는 목격담도 많다. 인간의 경우 눈물샘이 매우 발달되어서 상대적으로 눈물을 더 많이 흘릴 뿐이다. 눈물은 눈에 있지만 그것은 마음이 울어야 나오는 것이다.

이중섭 탄생 100주년 기념을 맞아, 특별기획 순금화로 주문 제작 한다는 신문 전면 광고가 화려하다. 순금화 속 '흰소'와 '길 떠나는 가족'에서는 흙냄새와 천진한 가족의 느낌은커녕 만지면 모든 게 금으로 변하는 마이더스 손이 보인다. 예술도 자본가를 만나면 이렇게 변질되는구나 싶어 시무룩한 마음을 되작거렸다.

동심의 공간

석진유 | 서울 봉화초 3

일요일

석진유(서울 봉화초 3)

신나는 일요일
일주일 동안 손꼽아 기다리던 일요일
일요일이 되면
가족과 캠핑을 가고, 수영장도 가고
바닷가에 놀러간다

달력은 누가 만들었을까
왜 일요일을 한달에 4번 밖에
만들지 않았을까

내가 대통령이 된다면
한 달에 일요일을
20번 만들거야

수레바퀴 아래서

영화 〈택시 운전사〉

신촌에 있는 '이한열 기념관'에 다녀왔다. 유리 속에 놓인 그의 유품 중 후줄근한 운동화 한 켤레가 후줄근했던 기억을 하나를 소환한다. 1987년 6월 대학생이던 남동생은 날마다 시위대에 참여했다. 남동생이 들어오면 매캐한 최루탄 냄새가 거실에 진동했다.

어머니는 네가 그런다고 세상이 바뀔 줄 아냐며 협박도 하고 사정도 했다. 한 번은 운동화를 세탁기 속에 감춰 놓았다. 그랬더니 슬리퍼를 신고 나갔다. 어머니는 아들을 구하러, 우리는 동생을 구하러 찾아 나섰다.

성남 시청 앞에서 스크럼을 짜고 맨 앞자리에 남동생이 앉아있었다. 아무리 끌어 오려고 해도 꿈적도 하지 않았다. 할 수 없이 우리는 운동화를 한 켤레 사서 동생에게 건네주고 슬리퍼를 들고 왔다. '호헌 철폐 독재 타도'가 거리마다 골목마다 펄럭였다.

바보상자만 찰떡같이 믿었던 순진한 우리는 그땐 정말 몰랐다. 왜 저렇게 시위를 했는지. 그렇게 서슬이 퍼렇던 독재 정권 속에서 남동생은 이한열, 박종철과 동 시대에 대학을 다녔다.

창백했던 민주주의에 핏기를 돌리는데 당당히 한몫을 한 남동생이 지금은 고달프게 살고 있다.

남동생은 대학 졸업 하자마자 내로라하는 대기업 기획실에 취직 했다. 그때 맥주 박스를 쌓아놓고 동네 잔치를 하며 눈물겨워 하시던 어머니 모습이 눈에 선하다.

입사 후 승진에 승진, 그리고 그 기업을 대표해서 인터뷰한 기사도 많았다. 고향 동네에서는 될성부른 떡잎으로 화제의 인물이었다. 결혼한 동생네 집에 명절에 가면 갈비 세트며 과일 상자들이 냉장고 차지를 못해 베란다에서 대기 하고 있었다. 참으로 풍요로웠다.

그런데 1997년 대한민국 호는 또 풍랑을 만났다. 하지만 전 국민이 아기 돌 반지까지 꺼내 가까스로 경제 위기를 극복했다. 그러나 구석구석 날아다니던 폭풍의 파편이, 워크아웃이라는 대명제 아래 그의 탄탄대로에 박히고 말았다. 그는 몇 달 동안 팔짱을 끼고 베란다에 붙박이로 서 있거나. 신문만 보더니 사업을 시작했다.

그랬다. 그는 젊었기에 뭐든지 할 수 있었고 패기도 있었기에 오뚝이처럼 금방 일어섰다. 동생이 그때 들려주던 말이 귀에 생생하다. 회사 그만 두기 정말 잘했다고. 와이셔츠에 넥타이만 보아도 목을 조여 오는 것 같아 질식할 것 같다고. 재기에 성공한 그는 좋은 차에 넓은 집, 그의 신수는 또다시 훤했다.

그런데 그로부터 십 년 후 2008년 세계 금융 위기는 미국의 금융 시장에서 시작되어 전 세계에 파문을 던졌다. 미국이 기침을 하면 한국은 감기에 걸렸다. 그때부터 동생의 꿈은 뻣뻣해졌고 삐걱거리기 시작했다. 십 년이 지난 지금까지도 쉽사리 실마리를 못 찾고 있다. 될성부른 나무로 불리던 남동생이….

남동생 집 TV 채널은 뉴스에 고정되어 있다. 뉴스 하나하나가 그의 삶과 곧바로 연결된다. 아니다 사실 지금 이 시대를 살아가는 국민은 대부분 정부의 정책 발표에서 자유로울 수 없을 것이다. 예전에는 그렇지 않았는데 언제부터인가 국가의 정책, 방향 하나하나가 일반인의 삶과 거미줄처럼 연결되어 있다는 것을 실감한다.

남동생을 생각하면 가슴이 아리고 먹먹하다. 지금껏 동생은 벌컥 화 한 번 내는 걸 본 적이 없다. 별명이 군자君子다. 혼자 인내하고 혼자 삭히는 성격이다. 그래서 더 걱정이다. 몸만 성했으면 좋겠다. 21세기 리더의 꿈은 아직도 유효하다.

노모는 하나뿐인 아들 생각에 아침마다 바람의 모서리를 잡고 몸을 일으키신다. 동생은 여전히 집안에서 내로라하는 효자다.

작년 2016년 12월 남동생을 광화문 촛불 광장에서 만났다. 대한민국은 약 10년 주기로 파랑주의보가 울리는 것 같다. 격동의 대한민국은 현재 진행형이다.

엊그제 영화 〈택시 운전사〉를 보았다. '1980년 5월 민주화 항쟁'을 책과 뉴스로 접하고 망월동 묘역도 다녀와 시도 썼지만, 영화로 역사 현장을 들여다보니 더 처참하고 답답했다. 관을 구하지 못해 널 부러져 있는 피가 낭자한 아들의 시신 앞에서 가족들이 통곡을 하고 있는 장면은 차마 볼 수가 없었다. 현재 우리가 시리아 내전을 먼 나라 이야기로 알고 있듯이 37년 전 대한민국이 그랬었던 것이다. 하마터면 묻힐 뻔했던 역사적 진실을 목숨 걸고 세계에 알린 독일 기자와 택시운전사 그리고 총부리 앞에서 하얀 깃발을 당당히 흔들다 총탄에 쓰러져간 시민들에게 경의를 표한다. 영웅은 왕이나 장군만이 할 수 있는 게 아니다. 자기 위치에서 정의로운 일에 앞장서는 용기 있는 사람이라는 것을 다시 한 번 확인했다.

우리 집 책장에는 내가 아끼는 낡은 잡지 하나가 있다. 1993년 신춘 특대 호 유명 잡지다.

하얀 와이셔츠를 입은 남동생은 '21세기를 주도할 뉴 리더'라는 표지 표제 아래 파이팅을 외치며 환하게 웃고 있다.

또 우리는 이렇게 시간이라는 강물 위를 흔들리면서 다만 흘러갈 뿐이다. 그러나 가로 막고 있던 강물을 잘 이용 하면 길이 되기도 한다.

동심의 공간

김예찬 | 서울 중화초 5 | 2017년 영풍문고 어린이 글짓기 대회 입상 수상 작품

손

김예찬 (서울 중화초 5)

나무의 손은 희망의 손
꽃의 손은 기쁨의 손
풀의 손은 안내의 손

사과의 손은 유혹의 손
배의 손은 항해의 손
토마토의 손은 습격한 손

엄마의 손은 다정한 손
동생의 손은 맏성의 손
내손은 작가의 손

징검돌

황순원의 『소나기』

친구와 청계천에 갔다. 물가에 사람들이 많았다. 얕은 물 속에 떡판만 한 돌이 어깨가 닿을 정도로 놓여 있어 듬직하다.

어릴 적에 이끼까지 낀 징검돌 위를 아슬아슬 건너던 추억을 길어 올리며 걷다가 서점에 가서 책을 몇 권 샀다. 책을 고르는 사람보다 계단 위에 메지메지 앉아 책을 읽는 사람이 더 많았다. 그런 모습은 언제 봐도 미쁘다.

친구와 커피숍으로 자리를 옮겨 작품 토론을 하다가 조금 전에 산 K 출판사의 양장본 『소나기』 책장을 펼쳤다. 소녀가 징검돌 위에 앉아 물을 움켜쥐었다 놓았다 하며 개울 길을 막고 있다. 소심한 시골 소년은 풀섶에서 소녀 때문에 건너가지 못하고 앉아있다. 보랏빛 징검돌이다. 소녀는 보라색을 좋아했다. 보라색은 정신과 육체 사이의 평화로운 연결이다.

그림 속에서는 물 냄새와 풀 냄새가 나는 것 같고 소녀의 발그레한 홍조에 장난기도 묻어 있다. 소년이 허리에 찬 책보가 전대 같다. 나중에는 저 책 속의 지식으로 살아가니 돈다발이 될 수도 있겠다. 소녀를 향한 소년의 마음인 듯 소년 등 뒤에 있는 풀은 소녀 쪽으로 쏠려있다. 오늘 내 책이 된『소나기』는 글자 못지않게 그림이 영화의 장면처럼 상상력을 풀무질한다.

같은 내용일지라도 글자와 그림이 잘 어우러진 책을 읽은 아이와 속독 수준으로 줄거리만 읽은 아이에게 작품이 미치는 영향은 차이가 있다. 어쩌다 앵글 속에 들어간 사진하고 그림은 다르다. 화가는 사각 앵글 안에 넣을 점하나 사물 하나의 색깔에도 수많은 이야기와 철학을 담고 있다. 징검다리도 그럴만한 이유가 있을 것이다.

징검다리의 몸에는 사람들의 발자국이 수도 없을 것이고, 그 무게를 견디느라 반질반질 닳아있다. 그러나 징검다리는 스스로 불행하다고 생각하지 않는다. 짓밟힐지라도 이쪽과 저쪽 경계를 연결해주는 것이 자신의 역할이기 때문이다. 우리는 누구에게 징검다리가 되어 준 적이 있냐며 친구와 나는 객쩍게 웃었다.

'징검다리'는 소녀와 소년을 연결해주는 역할을 했으나 소낙비가 소년과 소녀를 갈라놓았다. 하지만 비가 그치고 물이 줄면 다시 다리 역할을 한다. 이와는 달리 고되게 만들지만 큰물에 떠내려가면 아예 쓸 수가 없는 섶다리를 본 적이 있다.

지금은 한국 전통 다리의 맥을 이어가고 있다. 섶다리는 통나무와 진흙 소나무 가지로 만들어서 물이 줄어든 겨울 초입에 놓았다가 장마 때까지만 쓰는 임시 다리다.

지금은 디지털 시대에 물리적 다리뿐 아니라 SNS라는 다리가 거미줄처럼 많다. 아날로그 다리가 그립다.

처음에 펼쳐 놓은 페이지에서 친구와 두어 시간 이야기꽃을 피웠다. 그러고 보니 이십여 년 지기 친구와는 알게 모르게 서로에게 징검돌이었다.

징검다리 위에서 큰 걸음으로 활짝 웃고 있는 친구 사진이 샤갈의 그림 〈여행자〉 같다. 나는 친구에게 친구는 나에게 섶다리도 아니고 SNS 다리도 아닌 징검다리가 되길 바라며 친구 사진을 현상 폴더로 옮겨놓았다. 징검돌은 물에 잠기기도 하고 때론 지나는 사람을 미끄러지게도 하지만 언제나 그 자리에서 변함없이 자리를 지키고 있다.

직 지 심 체 요 절

최종민   (서울신내초 5)

직: 직접 찍어서 만든 불경, 직지심경

자: 지독하게 비싸지만 돈으로 비교할수 없다.

심: 심각하다. 프랑스가 빼앗아가서 더심각하다

체: 체면이 죽는다 우리나라가 먼저 만든 금속
    활자를 독일에게 순서를 빼앗겼기 때문이다

요: 요점은 우리나라 유산을 잘 지켜야 된다는 것이다

절: 절대, 다른 나라에게 우리의 문화유산을 빼앗기지 말아야겠다

혼불

최명희의 「혼불」

친지 병문안을 갔다. 병상 옆에 『혼불』이라는 책 한 권이 있었다. 그렇게 우연히 다가온 '혼불'과의 인연이 작가와의 만남으로 이어진 것은 1997년 늦가을이었다. 신문 한 귀퉁이에서 발견한 기사.

'국립국어연구원에서 혼불 작가 최명희 님 초청 강연회'

열일을 제치고 국립국어연구원으로 갔다. 작가를 만나러 이렇게 요란을 피우기는 처음 있는 일이었다. 자그마한 키에 단발머리, 그러나 친밀한 눈매 속에 깊숙한 고독이 서려 있었다.

국어연구원들의 질문으로 시작되었다. 국어사전에도 없는 낱말을 작가가 『혼불』에 많이 사용한 것에 대한 것들로 기억된다. 작가는 나지막이 조근조근 작품의 문맥과 연결시켜 설명했다. '꽃심'이란 단어를 연필심에 빗대어 조금은 긴장된 목소리로 졸가리를 잡아주시던 모습이 어슴푸레하다. 앞자리에서는 누군가 녹음을 하느라 조용히 분주하고 뒤에서는 셔터 누르는 소리가 들렸다. 앞으로 육이오 이후를 배경으로 혼불 6부를 집필할 거라 하셨다.

강연회가 끝나자 방청석이 술렁였다. 약속이나 한 듯 작가 앞으로 몰려나갔다. 사인을 받으러 줄을 서는 것이었다. 삼십여 분가량 기다려서야 사인을 받을 수 있었다. 만년필로 당신의 이름 석 자와 내 이름 석 자를 반듯반듯 써 주었다.

그런데 몇 달 후 언론에서 뜻밖에 접한 소식이 '최명희 소설가 암 투병 중'이었다. 갑자기 온몸에 소름이 아스스 돋아 올랐다. 내 피붙이가 암 선고를 받은 것처럼 일이 잡히지 않았다. 그러나 설마 했는데 몇 달 후 결국 작고했다는 뉴스를 접했다.

『혼불』을 탈고하고 정신이 기진맥진해서 병을 얻었으리라. 그러나 첨단 의학을 빌려 기적을 바랐었다. 이렇게 쉽게 명줄을 놓아버릴 줄 몰랐다. 그때 나는 삼성의료원 장례식장 고인의 영정 앞에 마음만 몇 번이나 서성였다.

이승의 보물을 저승에 빼앗긴 심정이랄까. 명부 세계에서 그분의 육신의 소유권을 덜컥 가져가 버린 것이다.

그분의 죽음에 대해 일간지와 텔레비전 9시 뉴스에서도 관심을 가져 준다는 것 자체로 적으나마 위안을 삼았다. 그러나 안타까운 마음을 걷잡을 수가 없었다. 나도 모르게 종이 위에 내 마음을 쏟아내고 있었다. 눈물이 스민 종이를 접었다. 수신자는 엠비시 라디오 여성시대 앞. 이 한 통의 편지가 전파를 타서 고인이 이승을 떠나시는 길에 꽃잎처럼 뿌려지기를 바라며. 우편함에 넣었다.

내 간절한 기도가 전해졌을까. 발인 하루 뒷날 진행자 손숙 님의 차분한 목소리에 실려 오전에 전국 방방곡곡으로 퍼져나갔다. 어설픈 내 편지가 최명희 님의 추도문 비슷한 글이 되어버렸다. 듣고 있노라니 뜨거운 무엇이 또 볼을 타고 주르르 흘러내렸다. 다른 사람들도 나처럼 슬플까. 다행히 장지가 전주라고 하니 조만간에 한 번 찾아가야겠다며 스스로 위안을 했다.

그리고 이듬해 설날이었다. 전주에 갔다가 고인의 묘소를 찾아 나섰다. 덕진공원 관리소에 가서 물었다. 한참을 또 헤매다 동네 후밋길에다 승용차를 세우고 구멍가게로 가서 물었다.

"작가 무덤인가 뭔지는 모르는 디요 저기 깔끄막을 올라 치다 보면 오른쪽에 쪼뺏한 길이 나오지라. 작년 겨울에 무신 무덤 하나 새로 생겼는디. 쪼매 유명한 인산 갑데. 성묘 왔는 갑네."

전북대학교 뒤 건지산 한쪽 자락. 복지깨를 엎어놓은 듯한 소박한 봉분 하나가 덩그러니 있었다. 주변은 무정하리만큼 삭막했다. 황토가 푸석푸석한 속살을 보이고 있었다. 떼도 아직 뿌리를 내리지 못하고 있었다.

당신께서는 관혼상제에 대해 얼마나 촘촘하고 유려하게 묘사하셨던가요. 그러나 막상 당신의 영혼은 당신의 육신이 어떤 절차를 밟아 이승을 떠나는가 지켜보고 계셨다면 많이 쓸쓸하셨겠어요. 꽁꽁 언 땅 속에서 뼈가 시리지 않으시나요. 당신 주검을 애절하게 거두어 줄 일 점 혈육 하나 남겨 놓지 못한 것에 대해 후회는 하지 않으시나요. 하지만 당신의 분신인 작품은 살아 있네요. 하지만 그 작품이 당신의 무덤 앞에 절 한 자락 올릴 수 없군요. 그렇다면 저는 작품 대신 여기에 서 있나 봅니다.

당신의 삶보다 소설 『혼불』에 혼을 바친 위대한 영혼 소설가 최명희. 조촐하고 낮은 무덤 앞에 나는 국화 한 송이 세워놓고 고개를 숙였다. 가랑눈이 부실부실 뿌렸다. 내려오는 발걸음 걸음마다 붉은 흙이 추처럼 매달렸다. 경상도에 박경리 소설가가 있고 전라남도에는 조정래 소설가가 있다면 전라북도에는 최명희 소설가가 있노라고 말할 날이 오리라.

그 후 가끔씩 바람결에 묻어오는 미더운 소식들. 1990년대 최고의 책으로 『혼불』이 뽑혔다, 출판사 '한길사'에서 해마다 혼불 독후감 공모전을 한다, 남원에 '혼불문학관'이 지어졌다, 문인들이 문학 답사를 간다는 등 반가운 소식들이 곰비임비 줄을 이었다.

그리고 어느 해 봄, 가족 모임을 남원에서 했다. 목적지를 일부러 지리산으로 잡았다. 그리고 내려오는 길에 남원 광한루까지 구경하고 피곤하다는 어른들을 가까스로 설득해 '혼불문학관'으로 코스를 돌렸다. 이번 가족 행사를 주관한 사촌 형부께서 오수에 사는데 '혼불문학관'에 대해 꿰고 있었다. 형부 차가 앞장섰다. 갓길에 들꽃이 시리게 피어 하늘거리는 밭둑길을 승용차 4대가 줄줄이 사탕처럼 이어졌다.

드디어 문학관에 도착했다. 명주바람이 먼저 우리를 맞이했다. 야트막한 산이 병풍처럼 단아한 누각과 넓은 마당을 둘러싸고 있었다. 고즈넉한 시골 정취가 물씬 풍겼다.

특히 전시실이 인상적이었다. 디오라마 기법이라고 한다. 안내를 하는 분이 매우 친절했다. 전시실에 그분의 유품인 만년필도 있었다. 저 세상에서도 피 말리는 작업을 하고 있을까.

문학관을 빠져나오면서 천추락만세향, 노봉서원, 청호저수지, 근심바위 등 곳곳에 소설의 배경이 펼쳐진다. 단 하루의 부부인연으로 남편 없는 시댁으로 하얀 가마를 타고 시집가는 청암 부인이 단아하게 앉아 있고 무지개처럼 둥글고 이쁜 강실이가 웃는다.

그때가 개관한 지 일 년밖에 되지 않아서였는지 한가했다.

그 후 작년 겨울 승용차로 전주를 지나다 보니 '혼불문학관 가는 길'이라는 이정표가 보였다.

"어머? 저기 좀 봐 이젠 '혼불문학관 가는 길'이라고 표지판도 있네." 했더니

동생이 씨익 웃으며 룸미러로 뒷자리에 있는 나를 보며

"정말 그러네, 작년에도 없더니…. 그런데 누나 그렇게 좋아." 했다.

『혼불』은 우리 민족의 혼이 숨 쉬는 사상서이며 우리말 '도사리'의 보고다.

우리말 우리글이야 말로 우리 민족과 지방의 정서를 바로 읽어내는 언어다.

– 제4회 혼불문학제 (2006). 수필 부분 으뜸상 수상 작품

동심의 공간

진시후 | 서울 동원중 1

용기 가마터에서

전시후 (서울 동원 중1)

1200도를 넘나드는 장작불 속에서 만들어지는 옹기
구릿빛 옹기를 보고 있으니 가슴이 뜨거워진다.
봉화산 옹기 가마터에서는 따뜻한 온기가 느껴진다.

우리 선조들의 주식이 무엇이었는 지
옹기들이 옹기종기 모여서 들려준다.

봉화산 옹기 가마터에서는 도공의 숨소리가 느껴진다.
아이들의 웃음소리가 빈항아리 속으로 들어간다.

母국어

신경숙의 「엄마를 부탁해」

요즈음은 연말이라 달력이 심심찮게 들어온다. 벽걸이 달력은 대부분 요일이 한자로 써 있다. 탁상 달력은 대부분 영어로 써 있다. 달력을 챙기다가 지난여름 일이 생각났다.

시골에 혼자 계시는 어머니께 전화를 드렸었다.

"오늘이 수요일인 줄 알고 갯방 갔다가 헛걸음하고 왔다. 내가 치매인가보다."

시르죽은 목소리를 남기고 전화는 끊겼다. 그렇잖아도 어머니는 치매 초기 진단을 받았다. 심란한 마음을 곰비임비 쌓고 있는데 텔레비전 다큐 프로가 풀무질을 하고 있었다. 중노인이 무덤 위에 풀을 뽑아주다 주저앉아 우리 어머니를 일 분 만이라도 볼 수 있다면 원이 없겠다고 하며 울먹거렸다.

그럴 거야. 그렇겠지. 나는 울컥했던 마음을 안고 잠이 들었다.

그런데 아침에 일어나니 베갯잇이 젖어있었다. 꿈에 어머니를 잃어버려 황망하게 허둥대다 여기저기 전화기를 하는데 받지를 않아 눈물을 줄줄 흘렸던 것 같다.

　어머니께 바로 전화를 했다. 항상 신호음이 열 번은 가야 받으신다. 산책을 다녀왔다는 어머니의 밝은 목소리가 얼마나 반갑던지. 울 어머니가 그 남향집에 계신 것이다. 언제든지 가면 뵐 수 있다는 이 평범한 일상이 얼마나 행복하던지.

　그날 내친김에 중년의 딸이 어머니께 깜짝 선물로 달려갔었다. 전화를 하면 언제나 여지없이 난 괜찮다고 오지 말라고 하신다. 그래서 예고 없이 고속버스를 탔다. 치매 생각을 하다 망상에 날개가 달렸다. 만약에 어머니가 길을 잃으면 어떡하지, 신경숙 작가의 『엄마를 부탁해』줄거리가 거미줄처럼 달라붙었다. 글을 잘 모르는 엄마를 지하철역에서 잃어버리고 나서야 자식들은 어머니의 삶을 반추하며 통한의 눈물을 흘린다. 전단을 돌리며 애타게 엄마를 찾아 헤매는 예민한 상황에서 아수라장이 되어버린 가족들의 관계와 일상생활, 소설이지만 충분히 그럴 개연성이 있을 것이다. 노인 한 분의 행방불명은 그의 가족들의 삶을 통째 흔들어 놓는 것이다. 그렇게 큰 것이다. 오가는 초라한 노인들 뒤로 역피라미드처럼 서 있는 가족들을 그려본다. 그러는 사이에 집에 도착했다.

　"이게 먼 일이 다냐, 니가 웬일이여 서울이 어디라고"

　깜짝 반가워하셨다. 저녁을 먹고 어머니랑 오순도순 이런저런 이야기를 하다가 달력을 보니, 아뿔싸! 한 달에 한 장짜리 큰 달력이 두 개나 걸려 있는데, 요일이 모두 한자로 쓰여 있었다. 친절하게 영어도 작게 쓰여 있다. 그러나 한글은 없었다.

달력을 제작한 상호만 한글이었다. 내 눈에는 그동안 한자도 영어도 한글로 읽혀졌던 것이다.

어머니는 시대를 잘못 타고 태어나서 가까스로 한글만 깨치셨다. 뭘 좀 배우려고 예배당에 가려고 하면 할아버지께서 배추벌레 잡아야 하는데 딸년이 무슨 공부냐며 곰방대를 들고 배추밭으로 몰았단다.

우리 어머니 같은 노인들이 적잖을 것이다. 정말 불친절한 달력이다. 아름다운 우리글, 월 화 수 목 금 토 일 한글이 있는데 굳이 한자로 쓰는지 모르겠다. 그래서 달력에 요일을 큼직하게 한글로 써 놓고 왔다. 그뿐인가 아파트 등 상호나 상품들 거의가 영어에 밀려나고 있다.

며칠 전이다. 광화문에 갔다가 친구랑 저녁을 먹으러 인근에 있는 지하 식당가로 들어갔다. 은은한 조명에 깔끔한 분위기였다. 그런데 간판이 모두 영어였다. 이곳이 유럽인지 한국인지 분간이 가지 않았다. 이거야말로 21세기 사대주의 발상이라며 친구와 눈에 띄는 외래어를 마름질하다가 한글 간판 있는 집으로 발을 돌렸다.

4살 먹은 아이가 "사과는 애플, 시계는 어 클락, 손은 핸드." 하며 동요를 부르듯이 흥얼거린다. 쓸쓸한 생각이 가슴을 누른다.

어느 나라든지 지배 언어를 배워야 하는 도시부터 고유어는 외면받는다. 2만 년 전부터 우리 민족이 써오던 4천 개 정도의 말이 위태롭다.

그 나라 말이 사라진다는 것은 그 민족이 사라지는 것이다. 어떤 통계에 의하면 백 년 후쯤이면 영어, 중국어, 스페인어 정도만 살아남을 것이라고 한다. 어머니에게 우리가 모국어를 전수 받았듯이 우리도 자식에게, 내가 배운 모국어를 전수해줘야 할 의무가 있는 것이다.

동심의 공간

바다

이건후 (서울 신내 초 4)

포세이돈에게 바다는 왕국이다.
인어공주에게 바다는 편안한 집이다.
콜럼버스에게 바다는 길이다.
장보고에게 바다는 전쟁터이다.
이순신에게 바다는 애국이다.
갈매기에게 바다는 식당이다.
상어들에게 바다는 땅이다.
바람에게 바다는 몸통 박치기다.
풍경에게 바다는 자랑거리다.
나에게 바다는 즐거운 여행지다.

황금 날개

레이오니의 『티코의 황금 날개』

초등학교 저학년 독후 활동 시간이었다. 아이들에게 소원을 각각 다섯 개씩 써 보라고 했다. '게임기를 갖게 해 주세요. 여행을 많이 가게 해 주세요. 부자 되게 해 주세요. 일등을 하게 해 주세요' 등이다. 조금 철이 든, 특히 여자아이들은 '가족 모두 건강하게 해주세요. 세상에 전쟁을 없애주세요. 굶어 죽는 아이들이 없게 해주세요.' 라고 쓰기도 했다.

그런데 오늘 수업하는 팀 중 개구쟁이 훈이는 '돈을 많이 벌어 우리 집에 집사를 두고 살게 해 주세요.'라고 구체적으로 썼다.

그때 진지맨, 민준이가 반론을 했다.

"태훈아 나도 그렇게 썼다 지웠어. 생각해 보니 같은 사람인데 집사 일을 하는 사람이 자존심 상할 것 같아."

그 말을 듣던 훈이가 큰 눈을 몇 번 껌벅이더니, 지우개를 가져다 지우고 다시 썼다. 다가가 등과 어깨를 다독여주었다.

간혹 저학년 그림 동화 수업을 하다 보면 한 수레의 인문고전보다 더 큰 울림으로 다가올 때가 있다. 그림만 딱 떼어 내서 액자를 해주면 명화로서도 손색이 없을 정도다.

레오니오니의 『티코와 황금 날개』가 그런 작품 중 하나다.

태어날 때부터 날개가 없는 새, 티코는 노래도 잘하고 폴짝폴짝 뛰어다니기도 잘 하지만 먹이를 물어올 수가 없었다. 하지만 친구 새들의 도움을 받아 살아간다. 그러던 어느 날 소원을 들어주는 새가 나타나 티코의 소원을 들어준다.

진짜로 반짝반짝 빛나는 황금 날개가 돋아 난 것이다. 티코는 너무나 행복해서 어쩔 줄 몰라 한다. 그러나 그 후 티코를 도와주던 친구들은 멀리 날아가 버린다. 티코는 친구들이 왜 자신에게서 떠났는지 이해를 못한다. 자신의 마음은 예전 그대로인데 말이다.

티코는 외로웠다. 그렇지만 마음껏 멀리 높이 날아다니며 세상 구경을 한다. 그러던 어느 날 어려운 사람들을 만나 그들의 사연을 듣게 된다. 착한 티코는 그들에게 황금 깃털을 하나씩 뽑아 도와준다. 그런데 신기하게 뽑은 자리에서 부드러운 검정 깃털이 나온다. 그러자 날아갔던 친구들이 다시 찾아오고 티코는 예전처럼 친구들과 행복하게 산다.

어린이는 어린이 눈높이에서 이해할 것이지만, 어른들은 인생 경험과 정치 사회 문제와 자연스레 연결해서 이해를 한다. 마지막 장을 덮을 때쯤이면 무릎을 탁 치게 되는 책이 많다.

'만약에 황금 날개가 멋지고 아까워서 가난한 사람들을 도와주지 않았다면 티코는 어떻게 되었을까?'라는 질문을 하면 아이들은

"천적의 눈에 금방 띄었을 거예요."

"질투의 대상이 되어 외톨이로 살 거예요."

"날개가 무거워서 어깨가 관절염에 걸려요."

"그러면 나중에 날지 못해 바닷속으로 풍덩 빠져 죽어요." 등등 갖가지 추론을 한다.

자신이 사용할 수 없는 재물은, 오히려 짐이 되고 독이 되어 자신의 인생을 망친다는 철학이 그림 동화 속에 명료하게 담겨 있다.

해마다 연말이면 훈훈한 뉴스가 가끔 등장한다. 이름도 밝히지 않고 상당한 금액을 기부하는 천사들을 볼 때면 『티코의 황금 날개』가 떠오른다.

동심의 공간

육예림 | 서울 동원중 1

나비

육예림 (서울 동원 중 1)

나비는 나의 길을 안내해 주는 가이드이다.
나비는 나의 인생의 멘토다.

애벌레에서 고치에서 아름다운 나비로 변신에 변신을
나는 지금쯤 어디에 있는가...

나는 아무것도 바라지 않고

아마도 나에게 몰어받지 않는 깨끗한 영혼이다.
나도 나비처럼 깨끗한 하늘을 날아다니고 싶다.

03

이름을 기억하다

물음 놀이

나는 물음 놀이를 좋아한다. 오늘은 낱말 놀이를 했다.

논과 돈은 신부와 신랑이며

'놀다'와 '갈다'는 이들의 자식쯤 될 것이다.

쌀과 살도 아내와 남편이며

'살다'와 '멀다'는 이들의 자식이 아닐까 싶다.

사람과 사랑은 서방과 각시이며

'사귀다'와 '사주다'는 이들의 자식이라고 해야겠다.

땅과 똥은 가시버시이며

자식은 '따다'와 '다듬다'일 것이다.

물과 불은 연리지이며

자식은 '울다'와 '웃다'이어야 맞다.

바다와 바람은 부부이며

자식은 '바라보다'라고 해두고 싶다.

'길'은 말과 글의 큰아들이고

'마름질'은 몸과 맘의 큰딸이며

끈과 끝의 언니는 '끈기'가 아닐까 싶다.

'그리고'와 '그래서'의 조부는 '그때'이며

'그러므로'와 '그런데'는 자식쯤 될 것이다.

'물음'이란 물이 고여 있지 않고

'음음음' 소리 내며 흘러가는 것이다.

물은 고여 있으면 썩는다.

오늘도 고여 있는 생각을 풀어본다.

동심의 공간

황수현 | 서울 중랑초 3

두려움

황 수 현(서울중랑초3)

두려울 때 나는
호랑이 앞에 있는
카니발 쥐 같다.

심장은 벌렁벌렁
손바닥에선 땀이 줄줄.

다리는 후들후들
얼굴은 하얗게 변한다.

그럴 때마다
엄마아빠 생각을 하면
두려움은 싹 사라진다.

'수포자'가 바라본 발칙한 세상

　'1'이라는 숫자를 보라. 광야에서 깃발 들고 홀로 서 있는 고독한 영웅 같지 않은가. 당당하지만 고집스럽다. 곡선이 없어서 부드러움은 찾아볼 수가 없다. 딱딱하고 차갑다. 살아있는 모든 것은 부드럽고 유연하다. 생명이 다한 것은 모두 딱딱하고 차갑다. 건널목 차단기 같다.

　또한 1은 '甲'이다. 사방이 막혀있다. 열린 곳이 하나도 없다. 누구의 의견도 듣지 않을 것 같다.

　'2'라는 숫자를 보라. 고개 숙여 다소곳하게 무릎 조아린 공손한 이

인자의 포즈다. 그러나 앞과 뒤가 열려있다. 앞에서 머리 조아리고 뒤로 무릎 접은 사이로 뭔가 받을 것 같지 않은가.

또한 2는 '乙'이다. 숫자 2와 모양도 똑 닮아있다. 이끌고 가기보다는 밀고 가는 동작 같다.

'3'이라는 숫자를 보라. 누구든 포용할 것 같다. 위아래 동글동글 열린 귀 모양 같다. 말랑말랑하고 부드럽다. 항상 하트를 지향하고 있다. 3은 완성된 수를 상징한다. 하늘과 땅 사람. 부모와 자식. 삼족오. 그리고 우리가 힘을 모을 때도 하나 둘 그리고 셋에 다 같이 힘을 모은다.

또한 3은 '丙'이다. 사람이 두 팔을 활짝 벌리고 걸어가는 것 같다. 들어오라는 듯 열린 공간인다.

'='(등호)는 두 개의 세계를 이곳과 저곳을 연결해 주는 다리 같다.

하늘과 땅을 연결해 주는 다리, 세워 보면 우리 몸을 땅과 연결해 주는 두 다리 같다. '='는 언제 어디서나 소통하라고 명령한다. 평등을 지향한다.

알고 보면 밤과 낮, 천사와 악마, 남자와 여자, 일등과 꼴등, 행과 불행, 부와 가난. 대치되는 관계일수록 서로 없어서는 안 되는 불가분의 관계다. '='를 숫자 3의 자식쯤 된다고 해두고 싶다. 이쯤 되면 뜻과 기호 사이에는 필연적인 연관성이 없다는 소쉬르의 '언어의 자의성'에 배

치된다. '사과'라는 낱말은 '사과'를 닮지 않았기 때문이다. '수.포.자'의 애교스러운 반란이다.

　일등은 한 사람이다. 딱 한 자리밖에 없다. '일등'. 그 용상을 차지하기 위해 떠밀려 애벌레처럼 끝없이 짓밟고 오르고 오른다. 그러다 어느 날 문득 아래를 뒤를 돌아다보는 순간, 망부석이 되어버린다. 필시 존귀한 삶을 가지고 장난치는 커다란 음모가 숨어있을 것 같다. 나는 '3'과 '='를 닮아가는 사회를 꿈꾼다.

---

* 수포자 (수학을 포기한 자를 줄인 조어)

동심의 공간

최서윤 | 서울 중랑초 3

손

최 서 윤 (서울 중랑 초3)

손이 예쁜 생각을 만나면
봉사를 한다.

손이 미운 생각을 만나면
남을 때린다.

손이 착한 생각을 만나면
빌려준다.

손이 나쁜 생각을 만나면
빼앗는다.

손이 아이디어를 만나면
과학자가 된다.

손의 주인공은 생각이다.

같은 이름

가끔씩 인터넷 검색 창에 내 이름을 치고 엔터키를 눌러본다.

나 말고 두 사람이 있다. 이름이 흔치 않은 이유도 있을 것이다. 한 사람은 여군이고 한 사람은 화가다. 처음엔 그렇구나 하고 별 관심이 없었다. 그러던 어느 날 '여군 간호 장교 손귀례 대령 모친상'이라는 부고가 떴다. 가슴이 철렁했다. 나도 모르게 클릭을 했다. 이대목동병원이었으며 발인 일시도 나와 있고 전화번호도 있다. 서울에 살고 있었다.

지금 병원에 계시는 친정어머니가 떠오르면서 손목에 힘이 빠졌다. 선산은 어디일까, 형제자매는 몇이나 될까, 그녀도 밀양 손씨일까, 어떻게 생겼으며 나이는 어떻게 될까. 맥락 없는 궁금증이 꼬리를 물었다. 그녀가 조금만 슬퍼했으면 좋겠다. 그러고 보니 나도 간호사가 꿈이었다. 초등학교 때 반공 글짓기 대회에서 상을 받고 교실에서 낭독했던 한 구절이 생각난다.

"나중에 커서 나이팅게일 같은 훌륭한 간호사가 되어 군인들을 치료해 주고 싶다."

이 문장은 기억이 난다.

또 한 사람은 대중가수 배일호의 부인이다. 화가 손귀례(귀예)는 사진도 많이 올라와 있다. 자세히 보니 나보다는 서너 살 적어 보였으며 나와 입매가 비슷해서 웃을 때 부자연스러워 보였다. 나와 같은 고민을 하고 있을 화가 손귀례가 왠지 남 같지 않다. 화가 손귀례는 방송에서도 본 적이 있다. 단아하고 말수가 적은 것 같았고 예뻤다. 그녀는 어떤 연유에서 그림을 그리게 되었을까. 나처럼 문학소녀의 꿈을 실현시킨 것일까. 자녀는 몇이나 두었을까. 그녀가 그림 전시회를 한다.

여군 간호장교 손귀례, 화가 손귀례, 시인 손귀례. 우리는 한 번도 만난 적이 없다. 하지만 동시대에 같은 이름으로 산다는 것만으로도 왠지 남 같지 않다.

그녀들도 나처럼 이름을 검색해 볼까? 만나려는 의지만 있다면 그다지 어려운 일이 아닐 수도 있다. 한편으로 생각해보면 우리 중 한 명이라도 그릇된 삶을 산다면 '손귀례'란 이름에 순간 먹칠을 하게 될 것이다. 세 명 다 바르게 잘살고 있는 것 같다. 지천명을 넘긴 여인들이 마주앉아 차라도 한잔하고 싶다. 가을 탓인가 보다.

동심의 공간

권서연 | 서울 상봉중 1

돈.

권 서연 (서울 상봉중1)

돈은   사물의 가치를 나타내고
상품과 교환하는 소중한 물건.

돈은 나의 희망을 위해 도움이 되어주는 귀한 물건
그러나 돈은 사람의 정성과 마음
그 가치도 침범한다.

돈은
사회를 돌게 하지만
사람도 돌게하는
알다가도 모를
물건.

장롱과 이별하기

늘 드나드는 골목 어귀에 며칠 전부터 자개 무늬 장롱 하나가 엉거주춤하게 서 있다. 나는 고개를 숙이고 다니는 편이다. 그런데 그 장롱 앞을 지날 때면 뭐에 이끌리듯 돌아다보기까지 한다. 한때는 어느 집 안방을 반짝반짝 빛내주었을 것이다. 장롱은 앞섶을 누런 박스 테이프로 듬성듬성 여민 채 맞지 않는 아귀로 절뚝거리며 나를 따라왔다.

몇 해 전 가을이었다. 이사를 앞두고 그간 미루었던 장롱 정리를 시작했다. 장롱문을 활짝 열었다. 옷걸이에 걸린 옷을 꺼내 세관원 검사원이라도 되는 양 이리보고 저리보다 과감하게 버렸다. 장롱 속이 절반은 비었다. 빈틈없이 빽빽했을 때보다 기분이 한결 후련했다. 묵은 때를 벗겨낸 느낌이었다. 그런데 문득 장롱도 헌 옷이나 이불처럼 초라해 보였다. 사실 이사를 다닐 때마다 장롱 때문에 갈등을 했지만 친정어머니와 밭품을 팔며 장만했던 일이 생생해 마음을 접곤 했었다.

그런데 나이 탓일까 요즘은 묵은 살림살이와 함께 묵은 감정도 정리하고 싶어질 때가 있다. 그러나 또 우유부단해진다. 모양새는 없지만 원목이라 문짝 두께도 두껍고 이불장도 깊어서 쓸모가 많다. 하지만 이사를 해서 새로운 집에서 새로운 분위기를 갖고 싶어도 쓰던 가구를 그대로 옮겨 놓으니 그 방이 그 방이고 그 거실이 그 거실인 것이다. '사람은 늙었어도 가구만이라도 새 것으로 바꿔야 하지 않을까'라는 생각에 미치자 미련도 짐이 되는 것 같아 버리기로 작정했다.

다음 날 가구점 몇 곳을 들렀다. 친정어머니와 장롱을 사러 다녔던 설렘은 없지만 이것이 내 인생에서 마지막 장롱일지도 모른다는 생각이 들었다. 집으로 돌아와 동사무소에 가서 폐기물 가구 처리 신고를 하고 스티커를 받아왔다.

이삿날 아침이었다. 이삿짐센터 직원들이 운동화를 신은 채 들이닥쳤다. 그들 중 몇 명은 우리말이 서툰 외국인 노동자였다. 이웃과 작별 인사를 하고 우왕좌왕하다 보니 우리 세 식구의 안락한 둥지의 지저분한 실체가 그대로 드러났다. 장롱이 들려나간 자리가 네모반듯 선명했다. 소복한 먼지 위에 하얀 비비탄 총알과 동전 몇 개 그리고 귀이개가 아침 햇살 아래서 눈이 부신 듯 옹송거리고 있었다. 커다란 쓰레기봉투에 집안에 널브러진 것들을 쓸어 모아들고 쓰레기장으로 내려갔다. 그런데 쓰레기장 옆에 서 있는 늙수그레하고 초라한 장롱을 보는 순간 가슴이 뭉클했다. 노란 폐기물 딱지를 가슴에 단 장롱이 '이십여 년 동안 안방에서 동고동락한 인연을 칼로 무 자르듯이 정리할 수 있느냐며 뒷방 늙은이라도 좋으니 쪽방이라도 내줄 수는 없었느냐'고 나를 붙잡는 듯했다.

쌀쌀한 바람 속에 떨고 있는 장롱이 내 옷자락을 잡았다.

이사 한 집에 와 보니 새 장롱은 나보다 먼저 와서 기다리고 있었다. 매장에서 나를 설레게 했던 장롱을 열어보았다. 나무 냄새인지 칠 냄새인지 야릇한 냄새가 훅~ 풍겼다. 매장에 있던 장롱은 전시용이라 냄새가 나지 않았던 것이다. 새로운 장롱과 정을 붙이려고 노력을 했다. 숯도 넣어두고 사흘 거리로 방향제도 뿌려주며 앞으로 친하게 지내자고. 그러나 지금도 가끔 예전 그 장롱이 생각나서 이렇게 글을 쓰고 있다. 이런 나를 보고 가족들은 걱정을 한다. 알량한 가구 하나 버리고 그렇게 힘들어하는 사람이 인간관계는 오죽하겠냐고.

동심의 공간

최윤지 | 서울 원묵중 2

시간의 꽃

최 윤 지 (서울원묵중 2)

시간은 알다가도 모르겠다.
바쁘면 빠르게
여유로우면 천천히
내가 하고 싶은 것을 할 때는 치타처럼 달려가고
내가 하기 싫은 것을 하면 거북이처럼
시간은 알다가도 모르겠다.
시간은 만질 수도 없다.
시간은 시계로 볼 뿐 눈으로 직접 볼 수도 없다.
그러나
시간은 꽃이다.
피어내 줄 아는 사람의 몫이다.

단골 걸인

'담장을 낮추려면 주변에 단골 상점을 만들어라.'

일간지 오피니언 난에 실린 표제 글을 보다가 문득 그녀가 생각났다.
그녀는 여성 의류 매장을 운영한 지 십수 년이 되었다. 가끔 짬이 나면
나는 그곳으로 놀러 가곤 한다. 그녀가 맛있게 타주는 차를 마시고 있
노라면 휴지를 들고 오는 노인도 있고, 칫솔이나 볼펜 등 잡화를 등에
메고 쭈뼛거리며 들어서는 아르바이트 청년도 있다. 이른바 잡상인이
많이 오지만 그녀는 그들이 가게 문을 들어서는 것과 동시에 습관처럼
서랍을 연다. 손에 잡히는 대로 아무거나 하나 팔아준다. 그뿐이 아니

다. 무섭게 생긴 남자가 갈고리 손을 내밀어도 웃으면서 천 원짜리 지폐를 건네주는 것을 보며 적당히 거절하는 법을 가르쳐주니

"나도 처음엔 언니 말처럼 그랬지, 아직 개시도 안 했다느니, 물건이 필요 없다느니, 주인이 아니라는 등…. 그런데 언젠가, 봉사활동을 열심히 하는 단골손님을 보면서 나는 바쁘다 보니 자원봉사는커녕 어디다 성금도 못하고 사는데 우리 집에 다리 품 팔며 찾아오는 불쌍한 이들을 그냥 돌려보내지 않는 것도 내 나름의 봉사하는 방법이라고 생각을 바꾸니 맘이 편했어. 그래 봐야 하루에 얼마나 되겠어. 정말 딱하잖아, 우리 할아버지나 조카라고 생각해 봐."

하지만 그들이 그렇게 쉽게 구걸하다 보면 결국 무능력한 사람으로 살게 방조하는 결과를 가져올 수도 있다며 짐짓 진지하게 대꾸를 했다. 그러나 그들에겐 피치 못 할 사정이 있을 거라며 그들을 두둔했다. 군색한 변명이었던 내 속마음을 들킨 기분이었다. 옷을 손질하느라 손목에 바늘방석을 팔찌처럼 끼고 핀을 입에 물고 말을 주고받던 그녀가 손질을 얼추 마친 듯 소파에 앉았다. 그리고 화장을 고치려고 핸드백을 열더니 갑자기 재미있는 이야기가 생각난 듯 말을 꺼냈다.

"언니에게 내가 말했던가. 세상일은 참 묘해. 하마터면 이 핸드백 잃어버릴 뻔했지 뭐야. 서너 달쯤 전인가 어떤 걸인이 매장 안으로 헐레벌떡 들어오더니 '이 가방 사장님 것이죠' 하며 이 가방을 내밀지 뭐야. 영문을 모르던 나는 간이 철렁했어."

사연인 즉, 그녀가 새벽 도매 시장에 가서 물건을 잔뜩 해 온 날이란다. 집에 가서 한잠 자고 나와 승용차를 매장 앞에 세워놓고 양손에 옷 봉다리만 들고 핸드백을 챙기지 못하고 내렸던 것이다. 그런데 마침 멀리서 그녀 가게를 향해 오던 걸인이, 행동이 이상한 소년이 있어 눈여겨보고 있는데 승용차 안을 기웃거리더니 순간 문을 열고 무엇을 들고 달아나더라는 것이다. 그래서 걸인은 끝까지 쫓아가 실랑이 끝에 백을 빼앗아 왔다는 것이다. 가방 속에 들어있는 것들을 생각하니 정신이 아찔해지더라고. 그녀는 걸인에게 너무 고마워 사례를 하려고 했으나 그는 한사코 사양하며 이렇게 말했단다.

"사실 저는 사장님 가게에서 나갈 때면 속으로 항상 기도를 하지요. 다른 집보다 장사가 잘되게 해 달라고. 그래야 저희가 오래도록 구걸할 수 있으니까요."

그리고 그들끼리도 규칙이 있는데 미안해서 보름씩 간격을 두고 온다고 했다.

단골손님도 많지만 단골 걸인도 많다며 환하게 웃는 그녀는 내가 가장 사랑하는 얼굴도 마음처럼 고운 내 동생 영란이다. 내 사무실에도 가끔 잡상인이 문을 두드린다. 그럴 때면 동생 생각이 나지만 지갑을 쉽게 여는 경우는 드물다. 형만 한 아우 없다는데 부끄럽다. 그렇게 사는 게 쉬운 것 같지만 결코 쉬운 일이 아니다.

동심의 공간

김세찬 | 서울 공릉중 1

어느 대장장이의 일기

김 세 찬 (서울 공릉 중 1)

농부가 덩이쇠를 사갔다.
괭이를 만들어 농사를 지었다
식량이 늘어났다.

약탈 꾼이 덩이쇠를 사갔다.
흉기를 만들어 약탈을 했다.
싸움이 늘어났다.

마중꽃

아버지의 유택을 옮기는 날이었습니다. 서울에서 전주로 아버지를 마중하러 달려갔습니다. 딸들은 먼발치서 옹기그릇처럼 앉아 슬픔을 바림질하고 있었습니다.

고즈넉한 산기슭에 한 조각 뜬구름 벗 삼아 칠 년 동안 사시던 아버지의 집은 삽질 두어 시간에 춥춥한 속살을 드러내 보였습니다. 어머니는 저와 남동생만 부르셨습니다. 가족이라도 아무나 주검을 보는 게 아닌가 봅니다. 어머니는 이장移葬을 앞두고 행여 자손들에게 해가 될까 봐 점집 출입도 마다하지 않으신 것 같았습니다. 쿠더부레한 흙냄새가 코끝으로 훅 스며들자 음습한 기분이 들었습니다. 제비꽃처럼 서서 눈을 가렸습니다.

입관할 때 순간들이 생생하게 되살아났습니다.

"안 돼, 안 된단 말이야 이렇게 언 땅에 울 아버지만 버려두고 갈 수 없어요. 아버지… 아버지…."

바로 이 자리에서 상복을 입고 철푸덕 주저앉아 울부짖던 순간이 엊그제인 듯합니다.

그러나 곧바로 일꾼들에 의해 하얀 장작개비 같은 뼈들이 하얀 종이 위에 놓였습니다. 인간은 흙에서 태어나 흙으로 돌아가는 자연의 섭리를 당신의 주검을 통해 자손들에게 생생하게 보여주는 것 같았습니다. '허망'이라는 단어가 이보다 더 적절한 상황은 없으리라는 생각이 들었습니다. 강골에 거구이셨던, 호랑이와도 맞섰다는 아버지의 흔적은 어디에도 없었습니다.

그러나 화창한 봄 햇살 때문인지. 너무나 적나라해서인지 아버지의 주검이라는 느낌도 들지 않았습니다. 내 자신에게 속삭였습니다.

'나를 낳아서 먹여주시고 입혀주시고 길러주신 육친의 인골 앞에서 어쩌면 이토록 담담할 수가 있어.' 서울에서 승용차를 타고 내려가면서 생각할 땐 많이 침통했었는데 이상하게 눈물이 나오지 않았습니다. 칠 년이란 세월이 아버지의 부재를 당연한 것으로 받아들이게 만들었습니다.

아버지는 칠 년 만에 좁좁한 무덤 속에서 외출을 하신 겁니다. 사십 평생 희로애락을 같이하신 어머니의 심정은 어떨까 싶어 내심 걱정했는데, 당신의 수의까지 손수 장만해 놓은 어머니의 표정에서는 아무것도 읽을 수 없었습니다.

아버지는 맑은 햇살과 싱그런 바람 구경도 잠깐, 다시 근처 다른 땅

속에 묻혔습니다. 간소하게 평토제를 지낸 후 흙을 쌓고 또 쌓았습니다. 조금이라도 모가 난 것 같으면 삽의 등짝 세례를 받았습니다. 고봉밥같이 푸근한 봉분의 모습이 드러났습니다.

측백나무와 진달래를 울타리 삼아 심고 잘 다졌습니다. 상석과 비석도 조금 더 나은 걸로 세웠습니다. 그러나 이런 일은 어쩌면 다 살아있는 사람들 마음이 편하자고 하는지도 모릅니다. 부모님 돌아가신 뒤에 무덤을 고대광실로 꾸민들 뭐 할까. 생전에 그렇게 좋아하던 약주 한 사발을 맘 편히 드시게 해드린 적이 없었는데. 이제 와서 무덤 위에 막걸리로 뒤발한들 아버지가 냄새라도 맡으실까. 생각해 보니 아버지의 손 한번 따뜻하게 잡아본 기억이 없습니다. 이제는 손톱으로 무덤을 판들 절대로 아버지를 만져볼 수가 없게 되었습니다.

서러움이 풀무질하는지 명치끝이 아파왔습니다. 못된 딸은 눈물도 흘릴 자격도 없어 고개를 젖혀 하늘을 보았습니다. 어느 영화처럼 아버지의 영혼이 지금 당신의 육신을 보고 계시는 것은 아닐까.

아버지의 육신은 이제, 다시는 저 찬란한 태양을 볼 수 없을 것입니다. 이장을 마친 뒤 가족들은 고구마 줄기 같은 산길을 앞서거니 뒤서거니 내려오면서 자꾸만 뒤를 돌아다보았습니다. 무덤 주변에 애솔나무 몇 그루가 배웅을 하고 있었습니다.

"내 강아지들아 난 괜찮으니 어두워지기 전에 어여 내려가." 아버지는 무덤 앞에 홀연히 서서 손사래를 치고 계셨습니다.

동심의 공간

이석원 | 서울 은석초 5

하얀 마음

서울 은석초 5

교실에서 수업하는데
갑자기 창밖이 환해졌어요.

하얀 눈이 펑펑 내리고 있었죠.
우리는 신이 나서 소리를 질렀어요.

토네이도처럼 뱅뱅 돌고 있지만
창문을 열어놓아도
눈송이는 교실로 들어오지 않았어요.

아무래도 우리는 깨끗한 마음을
받을 준비가 되어 있지 않은가봐요.

냉잇국

우리 부부는 언제부터인가 봄이면 나물 캐러 가는 일을 연례행사처럼 하고 있다.

경칩이 지나고 벚꽃 피기 전을 놓치면 안 된다. 점심밥도 싸가지고 가까운 산들을 찾아 나선다. 서서히 풀리는 언 땅 사이로 흙이 심호흡을 길게 할 때 아지랑이가 올올이 피어오르고, 신선한 흙내음과 풀내음이 마냥 좋다.

쑥도 캐고 냉이도 캐지만 나는 냉잇국을 좋아해서 냉이를 찾아다닌다. 언뜻 보면 잘 안 보인다. 양지바른 곳에 앉아 자세히 굽어보면 푸석한 땅에 초록 십자수처럼 냉이가 피어있다. 손길이 바빠진다. 남편이 잠잠한 걸 보니 냉이밭을 발견한 모양이었다. 냉이는 쑥처럼 손으로 뜯거나 칼로는 캐는 게 아니다. 송곳 같은 것으로 주변을 판 다음 손끝에 힘을 모아 달래듯 살살 뽑아내는 것이다. 곧고 하얀 뿌리가 흙을 움켜쥐고 버티다 길게 따라 올라온다. 냉이 특유의 향도 올라온다.

언뜻 보아 냉이처럼 생긴 것도 있다. 그래서 다듬으려고 보면 황새냉이와 지칭개도 섞여 있다. 냉이는 캐는 것 보다 다듬을 때 손이 많이 간다. 나보다 꼼꼼히 나물을 다듬던 남편이 웃으며 넌지시 한마디 건넸다. "마님 올해도 냉잇국 한 번 끓여 바칠까요?"

이십여 년 전이다. 내가 감기에 걸렸는지 체했는지 기억이 나진 않지만 며칠 동안 끙끙 앓았다. 입맛을 잃어, 먹고 싶은 것도 없었다. 그런데 냉잇국 생각이 났다. 남편에게 퇴근길에 냉이 좀 사다 달라고 부탁했다. 남편은 냉이와 모시조개까지 사왔다. 지금은 남편이 곧잘 요리도 하지만 그 당시엔 주방에 들어가지도 않던 사람이 안방 문을 닫고 주방으로 들어갔다. 된장 풀어 모시조개 넣고 끓여온 쌉소롬하고 시원한 냉잇국 맛은 최고였다. 그 후 나는 자리를 털고 일어났다. 그때 남편이 끓여준 냉잇국 맛은 지금도 잊을 수가 없다. 지금은 아무리 맛있게 끓인다 해도 그때 그 맛을 느낄 수가 없다. 남편의 솜씨가 좋아서라기보다 그 정성이 고마웠을 것이고 냉이의 효능도 있었을 것 같다. 옛날 어른들은 겨울을 넘긴 나물 뿌리는 인삼보다도 명약이라고 했다. 냉이는 얼어붙은 땅 풀숲에 납작 엎드린 채 겨울부터 그 자리에 있었을 것이다. 차가운 땅속에서 자라서 냉冷자가 들어가는 것이 아닌지 유추해본다.

다듬은 냉이가 소쿠리에 수북하다. 명약이 수북하다. 냉이는 살짝 데쳐서 무쳐도 먹는다. 요즈음 방송에서도 요리를 자주 소개한다. 냉이는 유럽이 원산지라고 하는데 뿌리까지 먹는 민족은 우리밖에 없다고 한다.

비누로 씻어도 손톱에 흙물이 지워지지 않는다. 내일 학원에 나가 판서할 일이 좀 걸리긴 해도 올해도 즐거운 나들이를 했다.

동심의 공간

안윤이 | 서울 송곡여중 1

언니의 눈

안윤이 (서울 송곡여중 1)

언니는 날카롭고 매서운 눈으로 나를 쳐다보고 있다.
아차! 나는 책상에 앉았다
그제야 언니는 언니 방으로 갔다.
난 한숨을 쉬고 의자에서 일어났다.
신나게 낙서를 하고 있는데 언니의 발자국
어떡하지! 하고 있는데 언니는 이미 내 앞에 서 있다
"언니, 왜?
나는 태연하게 말대꾸했다
언니랑 나 사이에 잠시 침묵이 흘렀다.
나는 슬쩍 언니 눈치를 봤다.
언니는 팔짱을 끼고 매의 눈처럼 나를 지켜보고 있다.
다시 책상앞에 앉았다. 책이 나를 비웃고 있다.

친정 엄마

설 연휴에 혼자 계시는 친정어머니 곁에 머물다 돌아오는 길이었다. 팔순 노모는 한사코 말려도 고속버스 터미널까지 배웅을 나오셨다. 출발할 때까지 버스 아래 붙박이처럼 서 계셨다. 표정 없는 어머니의 모습이 너무 쓸쓸해 보였다. 일부러 활짝 웃어 보이며 들어가시라고 몇 번이나 손사래를 쳤다. 한손은 뒷짐을 지고 한 손은 작은 손가방을 든 구부정 뒷모습이 터덕터덕 터미널 건물 사이로 사라졌다.

갑자기 위 언저리가 뻣뻣해지고 주책없이 눈물이 줄줄 흘러내렸다. 옆 사람이 눈치챌까 봐 훌쩍거리지도 못했다. 손등으로 지그시 코를 누르고 창밖으로 시선을 돌리다 머리가 아파 눈을 감아버렸다.

버스 안은 깊은 바닷속으로 변했다.

엊그제 전주에 도착했을 때 아니나 다를까 어머니께서 아파트 입구에 서 있었다. 얼마나 기다렸을까. 그런데 여름 슬리퍼를 신고 있었다.

"엄마 겨울 슬리퍼 없으세요. 이 겨울에 여름 슬리퍼를 왜 신고 계셔요." 집에 들어서자마자 신발장을 열어보았다. 분홍 겨울 슬리퍼가 있었다.

"있는지 몰랐네. 있었구나…" 어머니가 아기가 된 것 같다.

어머니는 부엌으로 들어가자마자 가스에 불을 붙였다. 다가가 보니 닭볶음, 미역국, 생선조림을 해 놨다. 베란다엔 찰밥도 있었다. 나중에 보니 청국장도 띄워 놓았다. 며칠 전부터 준비했을까.

사람이 사는 낙 중 먹는 즐거움이 크다. 그런데 어머니는 틀니가 불편해 씹기도 힘들거니와 우울증으로 식욕을 잃어 거의 식사를 못하고 우유에 뿌리채소와 과일, 선식 등을 넣어 간 것과 죽만 드신 지 5년째다.

"엄마 이런 거 해놓으면 이제 안 올 거예요. 맛난 거 나가서 사드리려고 왔어요. 겨울에 이런 거 사 나르다 넘어지기라도 하면 어쩌려고 그래요." 하며 투덜거렸다.

미안해서 어머니가 퍼준 대로 맛있게 다 먹었다. 그러나 어머니는 미역국 두어 수저 드시더니 조용히 수저를 놓았다. 억지로 드시게 하면 여지없이 체해서 더 고생을 한다. 이 인 용 식탁 절반에는 약봉지와 약통이 즐비하다. 하나하나 들어 물어보았다. 우울증약, 비염약, 관절염약, 고지혈증약, 식욕 촉진제, 변비약, 소화제, 수전증약에 건강 보조제까지 용케도 약은 다 구분하셨다.

다음 날 아침에 어머니의 아침 산책을 따라나섰다. 날이 풀려서인지 운동화에 진흙이 묻었다. 집에 들어서 현관에 앉아 물티슈로 운동화 바닥을 닦으려고 보니 어머니의 운동화 바닥이 닳고 닳아 완전 미끌미끌 너덜했다. 그동안 미끄러지지 않은 게 천만다행이었다.

"엄마 이것 봐요. 자동차 타이어도 닳으면 갈아서 끼우는 이유가 뭔데요. 운동화도 타이어처럼 골이 파인 이유가 똑같아요. 무릎 수술하신 지 얼마 되지도 않았는데 넘어지시면 정말 큰일 나요."

"누가 신발 밑창을 들춰 본다니. 물만 안 들어오면 신는 거지. 그렇잖아도 몇 번 미끄덩했는데 그래서 그랬구나."

내가 신고 간 운동화를 어머니 발에 끼워 드렸다. 딱 맞았다. 그리고 어머니의 낡은 운동화는 내가 신고 왔다. 자주 못 찾아간 자식이 죄다. 전화로 날마다 안부는 물었지만, 같이 자고 먹으며 냉장고도 열어 보고 시장도 가 보고 목욕탕도 같이 가 보고 산책도 해 보니 더 죄스럽다. 경로당도 있고 친구들도 있지만 디지털 시대에 소소한 불편함이 많았다. 얼마나 위험한 일인지 알 것 같았다.

"난 눈만 감으면 송장이여. 나이가 팔십인데 살 만큼 살았지. 저녁에 눈감으면서 아침에 눈 뜨지 않고 이렇게 죽었으면 얼마나 좋을까 생각하지만 죽을 복도 없구나."

우울증이 갈수록 깊어지는 걸까. 어찌해야 할지 모르겠다. 아무리 서울로 모시려 해도, 생각이 많은 어머니는 육신 못 쓰면 요양원으로 간다고 하신다. 가슴이 에인다.

어머니 맨날 괜찮다고만 하지 마세요. 어디가 제일 아픈지 말씀해 주시고, 보고 싶으면 내려오라고 말씀해주세요.

"어머니 아세요. 저 철들고 어머니를 챙기는 마음 중, 진정 아닌 게 하나도 없었습니다."

동심의 공간

김민채 | 서울 중화초 3

엄마의 향기

김민채(서울중화초3)

엄마~ 하면 향기로운 냄새가 생각난다.
나를 꼭 안아줄 때 나는 엄마의 냄새,
향기로운 냄새.
엄마를 꼭 안으면
엄마한테서 나는 향기로운 냄새.
그래서 스트레스가 두루마리 휴지 처럼 풀린다.
날마다 계속 되면 좋겠다.
엄마 냄새는 언제나 향기롭다.

망고의 추억

가족과 함께 뷔페에 가서 식사를 하고 후식으로 접시에 과일을 모아 가져다 놓았다. 성게 같은 열대과일 이름이 언뜻 생각나지 않았다. 여기저기서 부탄가스니 람스탄이니 람부스타니 퀴즈놀이 판이 되려고 하는데 친정어머니께서 대뜸 하시는 말씀이

　　"시험 보는 것도 아니고 이름은 알아서 뭘 해. '털 난 탱자'라고 하면 되지."

　　"헐~~~ 하하." 우리는 하마터면 크게 웃을 뻔했다. 그리고 어머니가 냉동 망고를 드시더니, 이게 호텔에 갇혀서 쩌죽을 뻔했을 때, 그 노란 갈비구나 하셨다. 맞다, 노란 갈비의 추억이 떠오른다.

　　십여 년 전, 친정어머니 생신을 맞아 효도한답시고 태국 나들이를 했다. 공항에 내리자 습하고 푹푹 찌는 열기가 대단했다. 가까스로 하루 일정을 마치고 호텔에 도착했다. 피곤해서 각각 방으로 가서 샤워하고 자려고 하는데, 생각보다 일찍 숙소에 도착했으니 야시장에 가자고 남동생이 제안을 했다. 우리는 "콜~" 하고 외쳤으나 어머니는 벌써 침대에 누우셨다. 그래서 어머니는 호텔에 있기로 하고 우리만 나갔다.

　　가이드가 밤에 돌아다니지 말라고 당부를 했기에, 손을 꼭 잡고 한참을 걸어 야시장으로 갔다. 사진으로만 보았던 싱싱한 열대과일이 한 소쿠리에 1달러였다. 검정 봉다리가 하나둘 늘어났다. 그리고 현지 음식도 먹어보고 싶어 식당에 들어가 그들이 맛있게 먹고 있는 우동 같은 탕을 주문했다. 그러나 역한 향신료 냄새 때문에 도저히 먹을 수가 없

었다. 우리가 맛있게 먹는 청국장찌개를 다른 나라 사람들의 입맛에는 이럴 것 같았다. 그렇게 우리는 두어 시간 손을 꼭 잡고 신기한 이국땅 낯선 풍경을 눈에 가득 담고 호텔로 돌아왔다.

문을 열고 들어가니 깜깜하고 인적이 없었다. 남동생이 내 손에 들려 있는 호텔 카드 키를 보더니 순식간에 빼앗아 벽에 꽂았다. 그때서야 불이 들어왔다. 나는 호텔에서 나갈 때 카드 키를 뽑아가지고 나갔다. 왜냐하면 나갔다 돌아올 때쯤이면 어머니가 주무실 것이니 깨우지 않으려고 그랬던 것이다. 내가 얼마나 황당한 실수를 했는지 그때까지 모르고 있었다. 현관 옆 벽에 꽂힌 카드를 빼고 문을 닫고 나가는 순간 호텔 방은 암흑이 되었던 것이다.

어머니는 샤워를 하려고 욕실에서 옷을 벗다가 그만 어둠 속에 갇힌 것이었다. 날은 푹푹 찌는데 에어컨도 작동이 멈추었지. 불도 안 들어오지. 전화가 있다 한들 말이 통하지도 않으니 무용지물이지. 두려워서 문밖도 못 나가고 어둠 속에서 어머니는 두어 시간 동안 갇혀있었던 것이다.

어머니의 불호령이 떨어졌다. 늙은이가 그렇게 싫으면 차라리 죽으라고 하지. 이국 만 리까지 끌고 와서 감금시켜놓은 이유는 뭐냐고 포문을 열었다.

그게 그런 게 아니라, 이러 저러해서 그렇게 되었다고 하니

"그러게, 그렇게 답답한 것들이 무슨 해외여행이야, 꼴뚜기가 뛰면 망

둥이도 뛴다더니 이 한심한 군상들아." 하며 더 화를 내셨다.

방 한가운데 까만 과일 봉지가 널려져 있고, 우리는 침대 근방 여기저기 패잔병처럼 고개를 수그리고 기대거나 쪼그리고 앉아있었다. 피곤하기도 하고 얼른 씻고 자야 내일 새벽에 일어나야 되는데 난감했다. 결자해지라고 이 상황은 내가 풀어야 했다.

봉지를 풀어 부스럭부스럭 과일들을 꺼냈다. 생전 처음 보는 열대 과일을 어머니 앞에 죽 늘어놓고 엄마 손을 이끌며 "엄마 미안해요. 일이 이렇게 된 것 어떡해요. 이 과일 지금 먹지 않으면 버려야 하니 화 풀고 드세요." 하며 노란 망고 껍질을 벗겨 어머니 앞에 밀어놓았다. 마지못한 듯 집어 드셨다. 타국에서 이렇게 밤을 새울 수는 없으니 할 수 없이 그랬을 것이다.

기다렸다는 듯 우리는 파파야, 육쪽마늘 같은 망고스틴, 성개 같은 람부탄, 참외 같은 망고 등을 펼쳐 놓고 도토리를 까먹는 다람쥐들처럼 둘러앉아 먹었다. 분위기를 바꾸려고 너도나도 너무 맛있다. 신기한 맛이라며 수다를 떨었다. 그때 어머니가 망고를 드시더니 "무슨 과일이 갈비 같다냐." 했다.

섬유질이 많은 망고의 살은 맛있는 고기 같고 그 속에 길고 큰 씨는 갈비 같다는 것이다. 비유를 어찌 그렇게 찰지게 잘하냐며 울 엄마는 시인이라며 비행기를 한껏 태웠다.

망고 덕분에 어머니와 우리 사이에 한랭선寒冷線은 가까스로 물러갔다.

지금도 우리는 망고를 보면 그때 이야기를 한다.

지나고 보면 예상치 않은 실수는 여행에 있어 무지개처럼 오랜 추억
으로 남는다. 그때 어머니께는 정말 죄송했다.

동심의 공간

구하은 | 서울 용마중 3

희망

구하은 (서울 용마 중 3)

그것은 눈도 없고 귀도 없고 입도 없다
그렇다고 팔이나 다리가 있는 것도 아니다
그렇다고 우리가 그것을 잡지 못하는 것은 아니다

눈을 뜨고 귀를 열고 입을 움직이고
팔과 다리를 힘차게 움직이다보면
우리는 그것을 잡을 수 있다

그것이 너무 깊숙이 숨어버렸다 해도
포기하지 않고 찾고 또 찾아보면
우리에게 다가오는 것

비극이 있어서, 눈물이 있어서,
절망을 피하고 싶어서,
벗어 날 수 있게 도와주는 것.

우리가 팔을 뻗으면 잡을 수 있는 것,
그것은 희망이다.

너는 늘, 나의 귀여운 아기

로버트 먼치의 『언제까지나 너를 사랑해』

따르릉 따르릉~ 전화벨 소리가 아스라이 들렸다. 정신이 번쩍 들었다. 새벽 4시였다. 남편이 받았다. 잘 못 걸려온 전화려니 하면서도 혹시나 해서 귀를 기울였다.

"새아기니? 응 언제 그래서 응급실에… 너무 걱정하지 말거라…."

더 이상은 아무 말도 들리지 않았다. 머릿속이 백지처럼 하얘졌다. 어제 출산하고 핏덩이와 함께 조리원에 있어야 할 며느리가 이 새벽에 웬 전화란 말인가. 그리고 응급실이라니. 안 돼~ 안 돼~ 절대 안 돼….

남편이 전화를 끊었다. 나는 거의 사색이 되어 입술을 떼었다.

"여보 무슨."

"응. 애비가 갑자기 심한 복통으로 응급실로 갔대."

그제야 정신이 돌아왔다 웃었다. 아니 소리 내어 웃었다. 새벽에 응급실에서 걸려온 전화를 받고 웃었다. 걱정하고 있을 며느리한테 내가 다시 전화를 했다.

"여보세요~" 가늘게 울먹이는 목소리.

"놀랐겠구나. 긴장하면 위가 경직되어 그런 일이 있을 수 있으니 주사 맞고 자고 나면 괜찮을 거야. 너무 걱정 말고 쉬어라."

배를 잡고 뒹굴다 주사 맞고 잠든 핏기 없는 신랑을 보며 만 가지 상상을 했으리라. 새벽에 전화를 해야 하나 말아야 하나 얼마나 전화기를 만지작거렸을까. 막내로 곱게 자란 새아기도 혼자 감당하기 벅찼을 것이다.

한편, 산통으로 산모가 응급실로 실려 가고 분만 과정 삼 일 동안 곁에서 애를 태웠을 것을 생각하니 내 아들도 안쓰러웠다.

초보 아빠의 심적 부담이 녹록지 않았을 것이다. '아버지' 와 '가장'이라는 일반 명사가 그 전과는 다른 의미로 와 닿았을 것이다. 아들아 그게 아비의 길이란다.

아들아, 엄마아빠는 그동안 너의 액자로 살았는데, 이제는 네가 또 다른 액자가 되어 주어야 하겠구나. 이제 엄마아빠는 은은한 벽지가 되어 주고 싶구나. 이제 손자까지 생겼으니 드디어 일가족 그림이 완성된 것 같아 뿌듯하구나.

아들아
너를 사랑해 언제까지,
너를 사랑해 어떤 일이 닥쳐도,

내가 살아 있는 한,

너는 늘 나의 귀여운 아기.

　　　　　- 로버트 먼치의 「언제까지나 너를 사랑해」 중에서

동심의 공간

신진아 | 서울 상봉중 3

아Q

신진아 (서울 상봉중 3)

너는 생각을 하지
그 천마가 죽었지
죽을 수도 있지
그럴 수도 있지.

입에 쓴 소리가
약이 되지
달면 얼마나 달지
약이 쓸 수도 있지

마약을 먹을 수도 있지
동그라미를 잘못 그릴 수도 있지.

그럴 수도 있지

안 그럴 수도 있지
살다보면 그럴 수도 있지.

셋째 딸

『논어, 사람의 길을 열다.』

　　친정에 가면 가족사진 액자 네 개가 어머니 인생의 훈장처럼 안방에 걸려있다. 그런데 이번에 가니 엽서만 한 작은 사진이 두 장 끼어 있었다. 2014년 5월 사 남매가 안산 '탄도항'에서 찍은 사진이었다. 바닷바람에 내 머리카락은 하늘로 치솟아 있다. 흡사 빈센트 반 고흐의 '별이 빛나는 밤' 속에 있는 사이프러스 나무 같다. 맏딸인 나는 키가 작고 인물도 없다. 그래서 맏이를 무녀리*라고 하나 보다. 그때 헤어지면서 한 달에 한 번씩 만나자고 했었다.

　　그런데 삼 년이 훌쩍 흘렀다. 사진 속, 둘째 여동생이 목이 긴 사슴처럼 어여쁘다. 그런데 머리에 두건을 썼다. 그랬다. 그때 여동생이 2013년 겨울 암수술을 받고 항암치료와 방사선 치료하는 중이라 우리 가족은 파랑주의보 상태였다. 그날 우리 사 남매는 동생에게 바람을 쐬게

---

* 무녀리: 맨 처음 문을 열고 나와서 용모 등이 제대로 갖추어지지 않음

해주려고 일부러 시간을 냈던 것이다.

얼마나 놀랐을까. 한참 사회 활동을 하고 있던 사십 대에 말이다. 암은 그렇게 아무렇지도 않게 구렁이 담 넘듯이 찾아왔다. 수술하는 날 암 수술 병동으로 달려갔었다.

마취가 채 깨지 않은 상태였다. "언니 바쁜데 뭐 하러 왔어 괜찮아." 하며 입을 딸싹였다.

몸은 치렁치렁한 줄로 둘러싸여 있었다. 백지장처럼 하얀 동생 얼굴을 보니 먹먹함이 명치를 짓눌렀다. 누구에게나 하는 위로의 말밖에 생각이 나지 않았다. '진짜 넌 아프면 안 돼, 이건 아니잖아 네가 어떻게 살았는데 쓰러지면 안 돼.' 이런 말은 입안에서 맴돌다 꿀꺽 넘어갔다.

그렇게 먹구름 같은 나날들이 초조하게 흘렀다. 그러나 먹구름 속에는 맑은 하늘이 가려져 있는 법이다. 제부의 살뜰한 보살핌으로 이제 거의 완치나 다름없다. 그런 제부가 너무나 미덥고 고맙다. 그런데 나는 제부에게 빚을 진 게 있다.

처음 제부를 보았을 때 체격도 크지만 피부도 검고 인상도 억실억실했다. 거기다 또 술도 좋아했다. 내 동생이 너무 아깝다는 생각을 하고 있었다. 그런데다 흑백이 분명하고 성격이 급했다. 그래서 동생네 신혼때, 사소한 걸 트집 잡아 내가 목소리를 높였다. 그때 일방적으로 제부는 나한테 사과를 했다.

겪어보니 제부는 남의 탓을 하지 않았다. 대인은 항상 자신의 탓을 하지만 소인은 항상 남의 탓을 한다더니 술 좋아하는 군자였다. 지나고 보니 나도 성격이 급하고 투명한 게 제부와 닮아서 그랬던 것이다. 그 후 제부는 나에게 칼 처형이라는 별명을 붙여주었다.

하지만 우락부락한 인상이라 유리한 점도 있었다. 한번은 승용차를 타고 가면서 신경전을 벌이다 제부가 차를 세우고 내리는 순간, 상대방은 다소곳해지더니 그냥 출발했다. 겪어보니 체격이 크고 우악스러운 사람일수록 의외로 속은 여리고 부드러웠다.

서울서 치킨이나 보쌈을 시켜 먹다 맛있으면, 전주 장모님 댁 주변 체인점을 검색해서 배달시켜 드리곤 한다. 가족이 모여 음식점에 가면 먼저 나가 계산을 한다. 돈보다 더 소중한 것은 덕을 베푸는 것을 알고 있는 것이었다. 술 한잔 들어가면 싱둥겅둥 허풍선을 띄워 좌중을 웃기는 재주도 있다. 그러니 정말 사람은 겉만 보고 판단할 일이 아니다.

아내가 엄마가 아프니 가족의 끈은 더 튼튼해진 것 같다. 그렇게 남편과 가족들의 관심과 배려로 여동생은 건강을 찾아 악기도 배우고 취미 활동도 왕성하게 하고 있다.

그런데 어머니는 지금도 셋째 딸이 피곤하다고 하면 나한테 바로 전화를 하신다. 처음에 암이라고 알리지 않았던 것처럼 숨기는 것이 있나 싶어 꼬치꼬치 물으신다. 부모가 건강하게 즐겁게 사는 것이 자식 마음을 편하게 해주는 것이기도 하지만, 자식도 부모에게 건강하게 즐겁게 사는 것을 보여주는 것도 효도인 것이었다.

동심의 공간

김수빈 | 서울 화랑초 4

바람

김수빈 (서울 화랑초 4)

사람들은 바람을 자유롭게 아무 곳이나 갈 수 있어 좋겠다고 한다.
하지만 바람은 자기 자신이 너무 두렵고 무서울 것이다.
왜냐하면 바람은 누가 옆에서 잘 못을 지적해주지도 않아
자신이 알맞은 선택을 한 것인지도 걱정이 되고
너무 화를 내면 큰 바람이 되어 사람들에게 피해를 끼칠 수도 있다.
그 일이 결국 돌이킬 수 없는 아픔과 슬픔으로 후회 할 수도 있다.
나는 더운 여름, 시원하게 해주는 바람이 좋기도 하지만
철이 없는 바람은 안쓰럽기도 하다.

지
성
이

책장 한 켠에 유산균 음료병 하나가 몇 달 전부터 놓여있다. 생뚱맞다. 책을 꺼내러 서재로 갈 때마다 그날이 생각나 혼자 빙긋이 웃는다.

주말에 아들 내외가 왔다. 여느 때처럼 나는 호들갑을 떨며 손자를 받아 안았다. 볼을 부비며 어쩔 줄 몰라 하는 할미 마음도 모르고 자꾸 다리를 버팅겼다. 내려주자 토닥토닥 아장아장 작은방으로 향하더니 유산균 음료병 하나를 들고 나왔다. 살펴보니 그것은 2주 전, 우리 집에 다니러 왔을 때 어미가 몇 개 챙겨 와서 먹였던 것이었다.

나는 도저히 믿어지지 않았다. 손자가 간 뒤에 청소를 몇 번 했는데 눈에 뜨였더라면 치웠을 것이다. 참으로 신기한 일이다. 말을 하지 못하니 알 수가 없다. 아마도 지난번에 왔을 때, 어디 구석에 넣어두고 간 것을 기억하고 찾아 온 것 같았다.

우리 아기 천재라며 우리는 감탄을 했다. 아는지 모르는지 지성이는 붕붕카 위에 앉아 엉덩이를 들썩이고 있었다. 요즘 나는 매일매일 행복하다. 모르긴 해도 지성이는 원초적 흡인력을 우리에게 마구마구 뿜어내고 있는 것 같다. 모든 몸짓이 어여쁘고 사랑스럽다. 노는 걸 보고 있노라면 저절로 빨려든다. 나는 하회탈처럼 웃고 있다.

지성이가 우리에게 오던 날은 흐드러진 장미꽃 속에서 여름이 숨고르기를 하고 있던 이 년 전 오월이었다. 며느리가 산통과 함께 입원한 것은 삼 일 전이었다. 우리는 일이 손에 잡히지 않았다. 핸드폰만 만지작거리고 있을 때 오늘은 분만할 것 같다고 아들로부터 전화가 왔다. 곧바로 남편과 병원으로 향했다. 30여 년 전 내 출산 당시를 떠올리며 며느리의 고통을 나누어보려고 했으나 윤슬 같은 햇살 속에 핀 화려한 장미가 내 감정을 방해했다.

우려와 설렘을 안고 분만실로 들어갔다. 안사돈께서 먼저 와 있었고 아들은 산모 곁에 문설주처럼 서 있었다. 둘 다 눈이 퀭했고 다크서클이 역력했다. 산통이 잦아지자 두 손을 꼬옥 잡고 볼을 비벼주고, 안아주며 둘은 한몸이 되어 진통을 나누고 있었다. 새 생명이 태어나는 엄숙한 순간. 가장 신성한 부부의 모습이었다. 새아기 입술처럼 아들 입술도 바짝 타 있었고 입에서 단내가 났다.

결혼 전, 내 무릎을 베고 누워 딸처럼 수다를 떨던 아들이 아니었다. 거사를 앞둔 비장한 눈빛의 장군이었다. 며느리가 우리 때문에 진통을 참는 것 같아 대기실로 피해 주었다.

그곳에도 무거운 공기가 장막처럼 드리워져 있었다. 팔짱을 끼고 서성거리는 사람들 위로 TV만 혼자 떠들고 있었다. 그리고 두어 시간 후, 폭풍 같은 신음소리에 이어 우렁찬 울음소리가 문밖으로 흘러나왔다.

병실로 들어가 보니 자연분만을 무사히 치른 며느리는 땀범벅이 된 채 남편 품에서 고요히 미소 짓고 있었다. 지금도 그 모습을 잊을 수가 없다. 내가 본 며느리의 어떤 모습보다, 신부화장을 한 모습보다도 아름답고 예뻤다.

남편은 침착하게 동영상 촬영까지 하고 있었다. 손자를 보고 활짝 웃는 내 모습이 찍힌 사진은 감격의 순간, 그 자체를 고스란히 담고 있었다. 우리 집에는 손자 사진이 곳곳에 붙어있다.

숨바꼭질을 너무 좋아한다. 제 깐에는 꽁꽁 숨는다고 주방 쪽으로 가서 냉장고 옆에서 고개만 숨기고 붙어있다.

"우리 지성이 어디 있나? 어디 갔지, 지성아~ 지성아~ " 하고 부르면 신이 나서 목을 뒤로 젖히고 웃으며 자박자박 걸어 나온다. 지금 이 순간도 여기저기서 '까르륵까르륵' 소리가 들리는 듯하다. 우리 지성이의 웃음소리는 행복의 마중물이다. 아가야, 구김살 없이 밝고 건강하게만 자라다오.

이
쁘
多

노을 속 한강변을 걷는다. 카드섹션처럼 코스모스가 형형색색으로 출렁인다. 스마트폰으로 몇 컷 찍어서 가족 채팅방에 올리자마자 톡, 톡 알림음이 울린다. 열어보니 눈을 크게 뜨고 신기한 듯 꽃을 바라보는 손자의 옆모습이다. 까만 눈동자가 블랙홀처럼 나를 끌어당긴다. 사진 아래 댓글이 달려 있다. '어머님, 지금 아가를 안고 아파트를 산책하다 꽃을 보여줬더니 요런 표정을 짓네요.' 며느리와 손자도 이 순간, 가을 품에 있었던 것이다. 두리번거리다 가까운 벤치에 앉았다.

진짜 꽃은 내 손안에 있었다. 꽃보다 더 예쁜 손자의 사진을 보고 또 보았다. 예전 동영상 하나를 클릭했다. 배밀이를 하려고 엉덩이를 높이 쳐들고 무릎을 모았다가 풀썩 엎어져서 '파닥파닥 헤죽헤죽'하는 우리 손자 입꼬리가 올라가면, 내 눈꼬리는 내려오고 입꼬리는 올라가 하회탈이 되어버린다.

뒤집기를 성공한 날이었다. 지난 추석에 가족이 모였는데 뉘어놓으면 옆으로 한 발을 돌리고 팔도 같은 방향으로 돌려놓고 끙끙거리다 실패 또 실패 그러기를 몇 번 하더니 가까스로 뒤집기를 성공하는 찰나,

온 가족의 박수와 환호는 아파트를 들었다 놓았다. 이웃이 의식되었지만 명절이라 이해했을 거라며 웃어넘겼다.

노란 안전 카시트 속에서 자고 있는 손자 사진을 클릭했다. 백일 때 아들 내외와 이동하던 차 안에서 찍은 사진이다. 아들이 다니던 중학교를 지날 때였다.

"우리 아들 전학을 자주 시켜서 미안해."

"엄마 무슨 소리예요. 내가 만약 그때 전학을 가지 않았으면 우리 집 사람을 만나지 못했고 우리 지성이가 태어나지 않았을 거예요. 지금까지 우리가 선택했던 모든 순간은 최고였어요."

그림처럼 예쁜 며느리는 소리없이 웃고 나는 크게 웃었다. 그래도 손자는 새근새근 잠을 자고 있었다. 마치 요정 같았다. 바라볼수록 아득하게 밀려오는 이 뿌듯함은 어디서 왔을까. 이 요정은 작년에는 없었는데.

떨어져 살아 자주 볼 수 없기에 며느리는 날마다 동영상과 사진을 전송해준다. 마음씨가 어여쁘다.

내가 가끔 딸이 없어 엄마는 노후에 적적할 것 같다고 푸념을 하면 싹싹하게 "어머님 제가 딸 노릇 해드릴게요." 하며 착 안긴다. 말만 들어도 너무나 고맙다. 더구나 이렇게 보석 같은 손자를 낳아주었으니. 이 작은 생명을 보면 가슴이 뛴다. 여느 할미들처럼 나도 손자 바보가 되어버렸다.

엉덩이가 차가워 고개를 들어보니 어둠이 내려 코스모스도 색을 잃어가고 있다. 노을대신 강물 속에 달이 덩실하다. 둥근 달이 웃는다. 우리 손자가 방실방실 웃는다.

우리 손자와 며느리는 언제 봐도 동글동글 무지개처럼 이쁘多.

흙토리

베란다 물청소를 하다 세탁기 밑에 언뜻 달팽이 같은 게 보였다. 철사 옷걸이를 밀어 넣어서 꺼내 보니 싹이 난 도토리였다. 달팽이가 있는 줄 알았다. 강낭콩이나 감자 같은 것에 싹이 난 것은 보았어도 도토리 싹은 처음 보았다. 낯설고 신기했다. 도토리를 떠올리면 새콤달콤한 묵무침과 귀여운 다람쥐만 그려졌다. 도토리 싹은 떠올려 본 적이 없다. 한 가닥 실 같은 싹이 딱딱한 껍데기를 어떻게 열고 나왔을까. 이건 정녕 아프락삭스다.

빈 화분에 흙을 모아 싹이 다치지 않게 다독다독 묻어주었다. 손자에게 도토리 싹이 자라는 모습을 보여 줄 생각에 흥바람이 나서 봄맞이 청소를 했다.

작년 가을이었다. 말을 갓 배우기 시작한 손자를 데리고 동네 산으로 소풍을 갔다. 손자가 다람쥐처럼 쪼르르 또르르 앞서 가더니 쪼그리고 앉아 할머니를 불렀다. 다가가 보니 낙엽 사이에 도토리가 오르르 모여 있었다. 몇 알을 주워 손바닥에 올려놓고, 나름 손자와 눈높이를 맞추느라

"어머나 도톨도톨 도토리가 모자를 썼네." 했더니

"한머니 안대요. 도토리는 다람지가 먹어야 해요." 하며 손사래를 쳤다.

어린이집에서 벌써 도토리는 다람쥐 몫이라는 것을 배운 것 같았다. 다람쥐도 때맞춰 나뭇가지에서 외줄을 타듯 날아다녔다. 산까치 두 마리가 쪼란히 앉아 우리를 모아보고 있었다. 할머니가 가리키는 다람쥐와 까치를 보고 손자가 폴짝폴짝 딩굴댕굴 너무 좋아한다. 넘어질세라 손을 잡고 낙엽을 밟았다.

"함머니 이기도 있네 또 있네."

손자의 달뜬 목소리에 다가가 허리를 굽혀 낙엽을 뒤적이니 사이사이에 도토리가 옹송거리고 있었다. 가을 산은 가히 도토리들의 제국이었다. 도토리를 한 줌 쥔 고사리손에 힘이 들어가 있었다. 볼이 발그레해지도록 신이 났다.

"함머니 여기 봐요. 도토리가 나무에 있어요."

떡 벌어진 네 잎 사이에 도토리 몇 개가 달려 있었다. 아기들 눈이 매섭다. 손자 손을 이끌어 끝이 뾰쪽뾰쪽한 떡갈나무 잎을 만져보게 했다.

"지성아! 할머니 따라서 해봐. 떡. 깔. 나. 무."

"함머니! 이게 떡이에요?"

"아니 떡을 찔 때 바닥에 깔고 쪄서 떡갈나무라고 해요."

"초록색 떡이에요. 난 파란색이 좋은데."

우리 대화가 동문서답이면 어떠랴. 숨찼던 한 해의 광합성을 마감하고 스스로를 삭히는 그윽한 낙엽 향기와 소나무가 발산하는 피톤치드에 사랑스러운 손자까지. 하늘 높은 곳에 있던 천국이 내 안으로 들어왔다.

어느 할미도 마찬가지겠지만, 손자 사랑 앞에서는 속수무책이다. 웃음이 많은 나는 녀석의 말 하나 동작 하나에 자지러지곤 한다.

뽈깡* 안아서 볼에 뽀뽀를 했다. 다리를 뻐팅기더니 할미 품에서 빠져나가 도토리처럼 오동 탕탕 구르듯 또 달아났다.

손자 바지 주머니에 고사리손으로 주운 도토리가 다람쥐 볼처럼 볼록했다. 구청에서 걸어놓은 하얀 펼침막에 '도토리는 귀여운 다람쥐의 겨울 식량입니다. 주워가지 마세요.'라고 쓰여있고 다람쥐가 그려져 있다. 녀석이 앞서가더니 글자를 아는 척 손가락으로 짚어가며 읽어주었다.

"다람지가 도토리를 먹어요. 가져가면 안대요."

그 후로 우리 집 식탁 유리 속에는 손자가 환하게 웃으며 도토리를 줍고 있다. 천상의 웃음소리가 들리는 듯하다. 아이들에게는 자연이 가장 훌륭한 책방이고 행복한 공간인 것 같다.

그렇게 사랑스러운 손자가 온다는 연락이 왔다. 며칠 전에 주워 온 도토리가 베란다 종이컵 속에 있다. 손자에게 보여줄 요량으로 쟁반에 쏟았다. 그런데 바늘구멍 같은 게 보였다. 그 속에는 쌀톨만 한 알과 벌레가 들어있었다. 두어 주 만에 도토리는 벌레집으로 변해있었다. 순간, 잡았던 도토리를 놓쳐버렸다. 벌레가 나올까 봐 봉지에 꽁꽁 싸서 버린다고 버렸었다. 그랬다.

작년 가을, 그때 용케도 한 알이 살아남아 어둑하고 차디찬 세탁기 밑에서 홀로 싹을 틔웠고 흙을 만났다. 참나무 한 그루 구사일생으로 지구에 다시 이식되었다.

---

* 뽈깡: 온 힘을 다하여. 전남 지방의 방언.

어쩌다 수필가

장 지오노의 『나무를 심은 사람』

우악스럽게 숨을 죄던 폭염도 입추가 지나자 서서히 시르죽었다.

아직까지는 천지자연이 이치를 거스르지 않고 있다. 보슬비를 즐기며 걸어서 출근을 하는데 손전화기에서 기척이 있었다. 수필동인 '글빛나래' 채팅방이다. 왕 언니께서 하모니카를 배우기 시작했다는 소식으로 아침을 열었다.

나는 화단 앞에서 멈춰서 셔터를 눌렀다. 이슬이 거미줄에 보석처럼 깔려 있는 사진을 올리며 "이슬 같은 인생 보석처럼 살아요. 까르페디엠~" 하고 댓글을 달았다.

동인 채팅방은 나에게 피톤치드 같은 공간이다. 직장 때문에 몸은 매여 있으나 그때그때 기쁜 일 슬픈 일을 나누며 사유할 수 있는 화두를 던져주기 때문이다. 댓글도 충분히 토론의 장이 된다. 일상을 부담 없이 드라이하게 주고받다 보면 약간의 쾌감도 있다.

더구나 작가들인지라 어느새 수다가 한 편의 시이며 시조이며 철학적 문장이 두루마리처럼 펼쳐진다. 이런 글만 오롯이 옮겨 산문집으로 엮어도 무리가 없을 것이라는 생각을 한 적도 있다. 수다만 떠는 게 아니다. 부지런한 회원은 날마다 맞춤법 퀴즈를 올려놓고 체크를 해주고 고유어를 올려놓고 공유한다.

우리의 이런 막역한 인연의 핵심에는 작년에 작고하신 노정, 박광정 선생님이 계신다.

그분의 글에서는 선비 향기가 난다. 그러나 나는 아무리 노력해도 향은커녕 자장면 냄새가 난다. 가끔은 선생님께서 완곡하게 고치라고 교정을 해놓으시면, 돌아서서 투덜거렸다. 어찌 다 선생님처럼 써야 한단 말인가, 세상은 선비도 있고 광대도 있고 정치가도 있어야 돌아가는 것이라며.

지금 생각해도 내 생각의 일부는 맞다. 그러나 문인은 수양이 되어야 하고, 특히 수필은 팔 할이 자신을 드러내는 내밀한 육성인지라 고양된 문장을 써야 작가의 품위에 걸맞을 것이다. 노정 선생님을 아마 백 명에게 물어보면 90명은 인자하신 분이라고 할 것이다. 그렇다. 그분은 공자의 仁을 실천한 분이다. 선생님을 떠올리니 또 가슴이 먹먹해지고 팔에 힘이 빠진다. 작년 9월 선생님의 부고가 채팅방에 떴다. 열어보니 확인은 다 했으나 유구무언이었다. 일상적으로 부고 공지가 뜨면 "삼가 고인의 명복을 빕니다." 라는 글과 함께 국화가 올라온다. 나중에 알고 보니 다 비슷한 마음이었다. 기가 막히면 말문이 막히듯이 부모상을 당한 듯 망연자실한 그런 심정이었다고. 밴드에 들어가 선생님 영정 사진을 보았다. 어린이처럼 해맑게 웃고 계셨다.

그렇게 선생님도 가셨고 머리가 희끗거리는 제자들은 아직까지도 한 달에 한 번 정도 만나 합평도 하고 스마트폰 덕분에 채팅을 하다 보니 더욱 가깝게 느껴진다. 동인들과 씨줄 날줄로 엮인 추억이 너무 많다. 친형제 자매보다 소통을 더 많이 하는 것 같다.

나는 지금 수필집을 준비하고 있다. 디지털 시대에 종이책을 누가 읽을지 내 멋에 취해 종이를 낭비하는 것은 아닌가 싶어 망설였지만 그래도 한 권은 내야 하지 않을까 싶다.

수필집에 실릴 작품을 고르는 작업이, 땅을 산 뒤 묘목을 골라 옮겨 심는 심정이 이럴 것 같다. 장 지오노의 『나무를 심은 사람』에서 노인, 알제아르 부피에가 황무지에 실한 도토리만 골라 구멍을 파고 흙을 덮어주었고 그 도토리들이 나무로 자라 숲이 되었다면, 21세기 작가는 작품을 골라 종이에 심는 작업을 하고 있는 것이다. 그래서 수많은 날을 활자와 시름하다 시력도 더 나빠졌다. 내 글 한 편이 고단하고 우울한 누군가에게 한 모금의 피톤치드가 되기를 소망한다. 그렇다면 나무에게 덜 미안할 것이다. 피톤치드는 숲에 가서 코로만 맡는 게 아니다.

내가 어쩌다 수필가가 되었는지 되돌아보았다. 동인들과 찍은 사진을 꺼내보았다. 이십여 년 전 풋풋한 시절이 엊그제 같다. 그 시절이 그럽다. 그러나 내일 보면 오늘은 항상 꽃시절일 것이다. 그래서 오늘도 '까르페디엠~'이다. 삶이 빵이라면 나에게 글쓰기는 잼과 같은 것이다.

'벗이 먼 곳에서 찾아 오면 기쁘지 아니하랴.'
라며 '논어 편'에 나오는 구절을 좋아 합니다.

진정한 멋이란 배움과 여유를 함께 하는 곳 나와
삶의 기쁨을 함께 하는 일이라 생각 합니다.

배려 사치에 기쁘게 길을 걷다 보면
깃자취가 나의 구현이 되리라 생각합니다 ──

2017. 9. 10.
송지례 드림.

올해 칠순 이신 친정어머님 장화연 여사께 바칩니다.

시름의 갈피마다
방울방울 눈물인줄
알았더니
꽃봉오리였다

·손현강·

캘리그래피 | 송재옥

물음

손귀례 수필집